宗教性にやどる「文学の力」を求めて

ドストエフスキー、ジッド、サン＝テグジュペリ、カミュ

山本 和道

大学教育出版

宗教性にやどる「文学の力」を求めて

──ドストエフスキー、ジッド、サン＝テグジュペリ、カミュ──

目次

第一章　『幸福な死』と『罪と罰』

1　『幸福な死』における、『罪と罰』の影響

Ｅ・Π・クーシキンは、「ドストエフスキイとカミュ」（『ドストフスキイと西欧文学』）において、「カミュはドストエフスキイの小説を読んでは、ドストエフスキイにならって「極度に」「異常な」解決を伴うような、「呪うべき」諸問題を提起することを学んだ。カミュが最初の小説『幸福な死』（一九三六―一九三八年）において提起するのは、そのような問題の一つ、死に際してすらみずからを幸福であると感じるには、いかに生きるべきなのか、ということであった」と書き、カミュ（一九一三―六〇年）の『幸福な死』における、ドストエフスキー（一八二一―八一年）の『罪と罰』の影響に注目している。

クーシキンが言うように、『幸福な死』に『罪と罰』の影響は存在するのか。存在するとしたら、どのような影響なのであろうか。

2 『幸福な死』の世界

ドストエフスキーの『罪と罰』(一八六六年)はよく読まれている小説であるが、『幸福な死』は、一般的には知られていない。『幸福な死』(一九七一年)は、どのような作品なのであろうか。

カミュは、『幸福な死』を、一九三六年から一九三八年にかけて構想、執筆したが、刊行はしないことにした。が、この小説は、彼の死後、一九七一年に出版された。以下、『幸福な死』を概観することにする。

「第一部　自然な死」で、まず、主人公メルソーは、両脚がないザグルーのこめかみをピストルで打ち抜き、多額の金を手にする。家に帰る途中で、寒気を感じ身震いし、二度くしゃみをする。さらに、三度目のくしゃみをしたときには、悪寒のようなものを感じた。メルソーは、自宅に帰り着くと、すぐに眠ることにする。その後は、殺人以前へと、時間が過去に遡る。そして、作品の最後まで、回想が若干入ることもあるが、小説の出来事は、基本的には時間の進行に従って提示されている。

メルソーは、アルジェの町の事務所に勤める労働者であった。メルソーと仲間のエマニュエルがトラックに飛び乗る場面、行きつけのレストランのこと、事務所での労働、アパートでの食事、切り抜きをすること、日曜日にアパートから通りを見下ろすとメルソーの目に入ってくる、映画を見に行く人たち、試合帰りの選手たち、散歩から帰ってきた人たち、映画を見てきた人たち、この界隈の娘たちと青年たちの関わりなど、『異邦人』(一九四二年)でも存在することになる場面が描かれている。『異邦人』は、一人称の語りで複合過去が使用されているのに対して、『幸福な死』は、三人称の語りで単純過去が用いられているという違いはあるものの、素材における共通しているところが多数存在するのである。養老院で死去する、『異邦人』のムルソーの母と違って、メルソーの母は、五十六歳で彼の傍らで病死することが語られる。メルソーも、ムルソーと同様母のことを忘れることができていない。一人になったメルソーは、三つの部屋のうち二部屋を、姉と暮らす、カミュの叔父の樽職人エチエンヌをモデルにしていると思われる、友人の樽職人カルドナに貸すのだった。

殺人以前は、『異邦人』のムルソーは、その生活に不満を抱くことはないが、『幸福な死』のメルソーは、貧しさと労働と孤独に惨めさを感じている。

メルソーは、恋人マルトの魅力に虚栄心を楽しませていたが、映画館でマルトが挨拶を交わした男が昔の恋人であることを見抜き、その男がマルトと性行為をしている情景を想像すると、ムルソーと違って嫉妬心に苦しみ、自分の中で全てのものが崩壊するのを感じるのだった。愛することよりも虚栄心のほうが重要視され、嫉妬に焦点が当てられている。メルソーは、マルトの昔の恋人たちが気になり始め、マルトの最初の恋人ザグルーの存在を知ることとなる。

メルソーは、日曜日の午後、ザグルーと言葉を交わす。ザグルーは、二十年前に、幸福になるためには、自由に過ごす時間のある金持ちになる必要があると考えて、その目標のために努め、巨額の金を手に入れたと言う。ところが、事故で両脚を失った。彼は、両脚を失った状態では、幸せに生きることができないと考えていた。日曜日を除いて毎日八時間労働しなければならない、貧乏なメルソーに対して、彼は、「メルソー、あなたのような肉体を持っていたら、あなたの唯一の義務は、生きることと幸福であることだよ」（第四章）と言う。お金があり労働から解放されて、時間があれば、幸福になれると言うのである。ザグルーは、大きな黒色のピストルと白い手紙をメルソーに見せる。それは、自分の死の準備のためのものであった。

その日曜日の夕方、メルソーは、自宅に戻ると、部屋を貸している樽職人の泣き声を聞くことになる。樽職人が姉に去られたこと、樽職人とその恋人との関係が破綻したこと、彼が汚れた部屋で一人ぼっちであること、彼がカフェで孤独を慰めることなどが語られる。樽職人は、死んだ母親を愛していたことをメルソーに話すのであった。この翌日、メルソーはザグルーを殺害することになる。この第五章で、冒頭の時間に追いつくようになっている。殺人の後、彼は、自宅に帰って、午後中眠り、熱のために目を覚ますのだった。来てもらった医者は、流感にかかっていると診断した。が、嫌疑をかけられることはなかった。メルソーは、マルトを捨てて、一週間後に、船でマルセイユに向かうのであった。

「第二部　意識された死」は、メルソーがプラハのホテルに宿泊するところから始まる。プラハでの出来事についての記述は、一九三六年夏に最初の妻シモーヌと友人イヴ・ブルジョワとともに行ったヨーロッパ旅行での実体験に基づくものであり、『裏と表』（一八三七年）の「魂の中の死」の記述と重複している。この地では、メルソーは幸福に生きることはできない。このことを、「ここで礼拝される神は、恐れられ崇められる神であり、海と太陽の熱のこもった戯れの面前で人間と一緒に笑う神ではなかった」（第一章）という文が説明している。

彼は、プラハを出て、列車でウィーンにやってくる。旅人としての生活の中で、彼は、文通相手の女子学生ローズとクレールを思い出し、手紙を出すことにする。どのような旅をしているかを述べ、「どこでも引き止めてくれるものが何もない、今でも君たちに忠実なこの不幸な男に君たちのことと太陽のことを話してくれよ」（第二章）と書く。それから数日後に、返事が届く。新たにカトリーヌが加わった、連名の手紙には、再会したいということ、アルジェに戻って来てほしいということが書かれていた。この後、彼は、ジェノアを通ってアルジェに帰ることにする。プラハでの滞在がとりわけ彼を陰鬱な気持ちにした、このヨーロッパの旅は、メルソーに自分が生きる場はどこかを明確に意識させるという役割を果たした。

　そして、アルジェにある丘の頂に建つ、「三女子大生の家」とも呼ばれていた「世界をのぞむ家」での、ローズ、クレール、カトリーヌといった娘たちとメルソーとの関わりが記されている。これも、カミュの体験に基づくものであった。彼らにとって、「世界をのぞむ家」は、遊ぶ所ではなく、幸福になる所であった。むろん、それは、世界との関わりの中で可能になることだった。そして、メルソーは、友人たちの家で出会うリュシエンヌという女性と付き合うようになる。その美しさだけでなく、リュシエンヌが世界とのつながりを感じさせる存在であることも、メルソーの心を惹いたようであった。ところが、メルソーは、「世界をのぞむ家」を去ることにする。チパザの廃墟から数キロのところにある、チェヌーアの、海と山の間の小さな家を買うのだった。そして、彼は、リュシエンヌに、一緒に生きていくことと、彼女は仕事はせずにアルジェに住み、彼が必要とするときに会いに来ることを提案した。メルソーは、さらに、「君が望むのなら、結婚を約束してもいいよ。そんなことは、ぼくには、有益とは思えないけどね」（第四章）とリュシエンヌに言い、一週間後に彼女と結婚する。結婚は重視しないが結婚してもよいという、結婚に対する姿勢は、『異邦人』のムルソーのそれと同じである。

「世界をのぞむ家」を去る理由をカトリーヌから尋ねられると、メルソーは、「カトリーヌ、ここでだと、愛されることになりかねないじゃないか。愛されることになったら、ぼくは、幸福になるのを妨げられることになるんだよ」と答える。彼は、幸福であるために、女性との愛の生活よりも世界の中で孤独であることを求めるのであった。

　チェヌーアで、メルソーは、求めていた孤独と直面しているという感覚を味わった。しかし、孤独であり続けるわけではない。メルソーは、自分のもとに来るようリュシエンヌに手紙を書いたりもする。が、リュシエンヌが自分の傍らにい続けることは望まなかった。そのくせ、アルジェに戻る気になり、アルジェで、「世界をのぞむ家」の住人たち、昔よく行っていたレストランの人々、マルト、リュシエンヌと再会する。そして、チェヌーアに帰って行く。

チェヌーアでは、自由になる時間をどのように使うかが問題になる。世界の中で自分と向き合うことになるが、それだけではなかった。村人たちと関わることもあった。

リュシエンヌが、チェヌーアに再びやって来て帰って行き、その後、クレールとローズとカトリーヌが来ることになる。そして、メルソーは、女友だちと、翌朝随分早い時間に遠足に出かける。そのとき、「奥さんを愛してるの?」と尋ねるカトリーヌに対して、メルソーは、「そんなことは、ぜひとも必要なことではないよ」と答えて、「唯一重要なことは、幸福への意志であり、常に存在している、一種の巨大な意識だよ。女性とか芸術作品とか世俗的な成功といった他のものは、口実に過ぎないんだ」と言う。幸福は、女性、芸術作品、世俗的な成功によるのではないことが明確にされるのである。

ところが、下山のさなかに、メルソーは気絶する。それから脱すると、死が意識されるようになる。だが、人は長い間幸福に生きることはできないけれども、それで良いのだ、とメルソーは考える。診察のために来てもらった、医者のベルナールに、彼は、自分の秘密を打ち明けようかと思う。「あなたは、一人の人間に軽蔑の念を抱くことができますか」という、彼の質問に、ベルナールは、肯定の返事をした。「利害とかお金への欲に追い立てられている場合はいつも」と言う。だが、メルソーは、自分の置かれた状況ではやむをえなかったと思うのだった。結局、秘密を打ち明けることはできなかった。

娘たちが帰って行くと、メルソーは、再び、孤独を取り戻す。世界の中に一人身を置き、幸福へと心を向ける。「彼は、罪のない心でザグルーを殺したときと同じくらい情熱と欲望を震わせながら、緑のこの空と愛に濡れたこの大地を、罪のない心で受け入れていた」と書かれ、ザグルーを殺害することには、自然との合一と通じるものがあることが示される。死と自然とはつながっているということである。

その後、メルソーは、初めて病床につく。肋膜炎が悪化して、一ケ月部屋の中で過ごすこととなる。春になり、回復してきたので、外に出て歩き回ったメルソーについて、「一人っきりで、全てのものに、自分自身にも無関心なメルソーに、自分の人生がそんなにも遠くにあるように思われたその時には、自分が探し求めていたものについに到達したように思えた。彼を満たしていたこの平和は、彼が追い求めてきた、怒ることなく彼を否定していたこの燃えるような世界の助けで到達した辛抱強い自己放棄から生まれたように思えた」（第五章）とあるように、後に『異邦人』のムルソーが体現している無関心に、メルソーも到達する。

そして、メルソーは、海水に自分を浸す。「今や彼は、暖かな海の中に体を沈めて、自分を再び見出すために自分を失うようにしなければならなかった。過去のもので彼の中に残っているものが沈黙し、彼の幸福の中から深みのある歌が生まれ出るように、月光と生暖かい海水の中を泳がなければならなかった」と、何かを乗り越え自分を変えようとするメルソーが説明されている。ところが、彼は凍りつくように冷たい流れに入る。「氷のようなその冷たさが彼の手足に滲み込んできて、彼から力を奪い取ってしまう、明晰で情熱に溢れた高揚で、神の愛のように彼を焼く」のである。ここには、『結婚』（一九三九年）における、世界との合一の歓喜よりも、「洗礼」を思わせるものがある。新しい自分に生まれ変わろうというものである。が、キリストを信じることによって古い自分を滅ぼしキリストと共に生きるようになるというものではない。死へと向かうためのものである。この体験を経て、メルソーは、自分が求めて来たものの最終的段階へと入って行く。

メルソーは、別荘に戻り、咳をし、唾を吐くと、口の中に血の味が感じられ、長く悪寒に捕らえられた。自分が病気であることを自覚する。が、病人として気を失った状態で死にたくなかった。世界及び死を明晰に意識していたかった。

そして、ザグルーを思う。自分の体力と持久力の限界において、彼が初めて内側から、ザグルーと一体化しているのを感じるのである。「寒さから暑さへのこの旅で、彼は、まだ燃えることが可能であることで生命に感謝しつつ、ザグルーを捕らえていた高揚を再び見出していた。彼は、あれ程遠くに感じていたこの男に対して、兄弟のような激しい愛情を抱き始めていた。そして、彼は、あの男を殺すことで、自分が、自分たちを永遠に結びつける婚姻を彼とともに成し遂げたことが分かるようになっていた」と書かれている。

メルソーは、ザグルーが死を受け入れ死ぬことに意識を向けていたことを評価していた。ただ、ザグルーのように涙を流したくはないと思っていた。「意識をしているというのは、欺瞞も臆病もなく—一対一で—自分の肉体と向き合って—死に対して目を開けていなければならないということなのだった」と、死に対して意識的に死ぬことに固執する。死を恐れることも死後の世界に希望を抱くこともなく、「一分後だ、一秒後だ、と彼は考えた。上昇が止まった。そして、彼は、石たちの中の石となり、心に喜びを感じつつ、不動の世界の真実に帰って行った」で、この小説は終わる。メルソーは、大地に帰ることになる。カミュは、世界という言葉に、人間社会という意味も込めることがあるが、この作品では、世界は自然という意味で使われている。

『幸福な死』は、『結婚』で探求されている、自然との合一による歓喜、「意識された死」を小説化したものである。『結婚』で、カミュは、「ここではあらゆることが、生へと招く国で死ぬ恐怖を呼吸している」(「アルジェの夏」)と書いている。世界との結婚という歓喜に生きることと、その背後に存在する、死の恐怖について語っている。世界との合一による歓喜を生きることは、死の恐怖に伴われていた。ということは、この二つの事柄の関係が問題になるのである。「意識した死」を探求することになる。カミュは、「私が死を怖れるのは、私が世界から引き離されている限りにおいてであり、存在し続ける空を凝視する代わりに、生きている人間たちの運命に愛着を抱く限りにおいてである。意識された死を作り出すことは、世界から私たちを引き離している距離を縮めることであり、永遠に失われた世界の心を高揚させるイメージを意識して、歓喜することなく、成就へと入って行くことである」(「ジェミラの風」)と書いている。『結婚』においては、世界との合一による歓喜とともに、死の恐怖が語られ、「意識した死」が探求されているが、『幸福な死』では、死の恐怖は否定されて、死を意識して幸福に死ぬことが描かれている。

拙論「カミュとジッド―『異邦人』と『法王庁の抜穴』を中心に―」(『ジッドとサン＝テグジュペリの文学―聖書との関わりを探りつつ―』)で検討したように、『異邦人』のムルソーは、その内容は明確には書かれていないが、母親への、言葉にできない思いから、後追い自殺のためのものとも考えられるような犯罪を犯したと見なすこともできる。太陽の激しい攻撃への反撃のためにアラブ人を殺したと言える犯罪の蔭には、それがあったという解釈が可能である。母へのやましさの意識が、ムルソーを殺人に導くということである。死刑の宣告を受けることで、小説の最後には、母を理解し母との一体化に達したと見なすことができる。『幸福な死』では、『異邦人』のアラブ人殺害がこの作品ではザグルー殺害に対応するというよりも、この母に当たるのがザグルーである。メルソーにも母親への思いはあるが、彼の死の要因が母にあるようには書かれていない。ザグルーを殺したということが、病気を招き寄せ、メルソーを死に至らしめるというようになっている。ただ、『異邦人』では、母の死がムルソーの死につながることが中心的なこととして表現されているのに対して、『幸福な死』では、ザグルーを殺したことがメルソーを死に至らしめるというのは主要なことではなく副次的なことである。また、『異邦人』では、小説中の各要素が無駄なく、「世界の優しい無関心」に心を開き母と一体化し純粋で高度な幸福な状態に到達する結末に収斂するのに対して、『幸福な死』の場合は、ザグルーの殺害から「幸福な死」までの間にある、母親、若い女性たち、昔の知人、村人、医師ベルナールなどについての記述も、この物語の「幸福な死」という結末に必ずしも充分にはつながっていないように思われる。が、自分の体験を慈しむかのようにカミュにとって貴重な体験が多数作品化されているという点では豊饒であり、その点では、ドストエフスキー的であると言うことができる。

3　『シーシュポスの神話』におけるドストエフスキー

それでは、カミュは、『シーシュポスの神話』（一九四二年）で、ドストエフスキーについては、どのように語っているのか。まず、スタヴローギンであるが、「不条理な人間」という章のエピグラフに、「スタヴローギンは信じているとしても、自分は信じていると信じていない。信じていないとしても、自分は信じていないと信じていないのだ」という、スタヴローギンの性格をよく表わす、『悪霊』（一八七一―七二年）のキリーロフの言葉を使っている。『シーシュポスの神話』では、ニヒリスト、ニヒリズムといった言葉を用いてはいないが、スタヴローギンにおけるニヒリズムに自分が進むべき道を見出している。このスタヴローギンについて、「この人物を理解するためのキーワードが、別れを告げる彼の手紙に存在する。それは、「私は何も嫌悪することができなかった」というものである。彼は無関心の中にいるツァーなのだ」（「キリーロフ」）と書き、『幸福な死』のムルソーが後半で到達し、『異邦人』のムルソーに体現させた「無関心」をスタヴローギンの内に見ている。

また、「このように罪が存在しないということは恐るべきことだ。『全てが許されている』とイワン・カラマーゾフは叫ぶ。ここにも不条理が感じられる」（「不条理な人間」）と書いているように、『カラマーゾフの兄弟』（一八七九—八〇年）のイワンに不条理性を見ている。このことを、「全てが許されているというのは、どんなことも禁じられていないことを意味しているのではない。不条理は、これらの行為の結果を等価値とするだけのことである。不条理が犯罪を犯すよう勧めるということはない——そう考えるとしたら幼稚だということになるだろう——、しかし不条理は悔恨に捕らわれるのを無益なこととするのである」（「不条理な人間」）と説明している。この評語は、『異邦人』のムルソーに当てはまる。『異邦人』のムルソーにおいては、人はいつ死ぬか分からないという認識のもと、全ては等価値になり、無関心に生きるということになっている。不条理は、犯罪を勧めるわけではないが、もしも犯罪を犯したとしても、悔恨に捕らわれることにならない。『幸福な死』のメルソーも『異邦人』のムルソーも、そのように造形されている。だが、イワンは、自分がスメルジャコフを唆して父を殺害させたという事実に愕然とし、幻覚症に捕らわれて発狂するので、前記の評語は、自殺はするが殺人行為を悔いたわけではないスメルジャコフには当てはまっても、イワン自身を必ずしも指し示してはいない。

そして、キリーロフは必ずしも「人生に意味があるとすることを拒否」してはいないが、「人生に意味があるとすることを拒否した思想家」（「不条理と自殺」）としてキリーロフに注目している。「キリーロフ」という章を設けて、キリーロフについて言及している。「だから、これしかないと言えるような、首尾一貫した哲学的姿勢の一つは反抗なのだ。反抗というのは、人間と人間自身が持つ暗闇との絶えざる対決のことなのである」（「不条理な自由」）と書き、不条理を生きる人間に可能な生き方として「反抗」があることを記しているが、カミュは、キリーロフの反抗を評価する。また、自殺をすると、理性では割り切れない世界と、明晰であることを求める人間の関係という不条理が壊れるので、自殺は肯定できないと主張するにもかかわらず、神に依拠せず人間の独立を肯定するために自殺をするキリーロフを、不条理な人間と見なしている。

『白痴』（一八六八年）のムイシュキン公爵については、「病気を患っているムイシュキン公爵は、微笑と無関心の色を浮かべて、永遠の現在に生きているが、この幸福な状態は公爵が語る「永遠のいのち」なのかもしれない」（「キリーロフ」）と言うだけである。ムイシュキン公爵は、無力であるが、隣人の苦しみや悲しみに無関心ではない。カミュは、ムイシュキン公爵の内に自分が求めるものを見ようとしている。

そして、カミュは、『カラマーゾフの兄弟』のアリョーシャにおける、永生に対する信仰を虚偽だと力説するのである。『作家の日記』の、「不死への信仰が人間にとってそんなにも必要なのは（それがないと、自殺をするに至るほどに）、それが人類の正常な状態であるからなのだ。こういうことである以上、霊魂の不滅が存在するのは確かなことなのだ」（「キリーロフ」）という、ドストエフスキーの言葉を、カミュは受け入れることができない。『カラマーゾフの兄弟』のエピローグで蘇りを信じると言うアリョーシャには、我慢できないということになるのである。そのエピローグで問題になっているのは、身体と分離したギリシャ的な「霊魂の不滅」ではなく、キリストを信じることによって神との交わりに入ることができるという「永遠のいのち」に、人体が実際に蘇るという、ニコライ・フョードロフ（一八二九―一九〇三年）の哲学が加わっていると言うことができるが、これをカミュは敢然と拒否している。カミュは、『カラマーゾフの兄弟』について、「この作品において不条理に反するのは、この作品のキリスト教的性質ではなく、この作品が未来の生が存在することを告げていることである。人はキリスト者であると同時に不条理な存在であることは可能なのだ。未来の生を信じないキリスト者という例は存在するのである」（「キリーロフ」）と書き、ドストエフスキーに対する賞賛を語る一方で不満も抱いていることと、偉大な存在としてイエスは受け入れるが、永生、「永遠のいのち」は拒否するという、キリスト教に対する立場を明示している。カミュは、キリスト教教義とキリストの教えは異なっていて、自分がキリスト教において批判するものとは別のものがキリストの教え・生涯に存在することは認めているが、イエスの生涯を不条理で説明する以外は、それを探求しようとはしていない。

ところで、『罪と罰』についての言及は、『シーシュポスの神話』には全く存在しない。クーシキンは、「ドストエフスキイとカミュ」において、『幸福な死』にドストエフスキーの作品、とりわけ『罪と罰』の影響が存在すると見なして論述しているが、『罪と罰』をいつ読んだかは明記していない。カミュの『カルネ』には、ドストエフスキーについての言及は時々登場するが、『罪と罰』についての記述は一九五七年にあるだけである。だが、H．R．ロットマンは、『伝記　アルベール・カミュ』において、高等中学生時代のカミュについて、ドストエフスキーを読んだと述べているし、オリヴィエ・トッドは、『アルベール・カミュ〈ある人生〉上』で、一九三五年十一月に、イヴ・ブルジョワにドストエフスキーについての持論を語ったと記している。そうだとするなら、ドストエフスキーの作品においては多くの人が最初に読む『罪と罰』を、カミュが読んでいなかったということは考え難いのである。

4 『幸福な死』と『罪と罰』

実際、『幸福な死』を読むと、微かではあるが、『罪と罰』の影のようなものを感じ取ることができる。『幸福な死』には、『罪と罰』から影響を受けていることが窺えるのである。

まず、プロットの面での影響が存在すると見なすことができる。『罪と罰』のラスコーリニコフは、幸福実現のために、強欲な金貸しの老婆を殺害する。『幸福な死』でも、メルソーは、幸福な生を実現するために、幸福な生を生きることができないので生きることに価値を見出せない、事故で両脚を失ったザグルーを殺害する。殺人で貧しさを克服し幸福を探求しようとするところが同じなのである。

ラスコーリニコフは殺人の後、ソファーに身を横たえる。意識朦朧《もうろう》となる。夢うつつの状態に陥り、悪寒を感じるが、『幸福な死』のメルソーも、殺人の後、自宅に帰るまでの間に、寒気、悪寒に捕らわれる。そして、帰り着くと、すぐ眠ることになる。流感にかかったのだった。

また、ラスコーリニコフは、死刑囚の言葉を思い出し、どんな劣悪な状態でもいつまでも生きたいと思うものの、他方、自殺するしかないのではないかという死の意識に捕らわれるのが描かれているが、メルソーにおいても、『異邦人』のムルソーと同様に、避けられない死を目前にした男の意識に焦点が当てられている。

概括的な言い方をすれば、カミュがドストエフスキーの内に見たもので、とりわけ共感したものは、ニヒリズムの他には、死刑囚意識であったと思われる。ドストエフスキーがペトラシェフスキー事件で一八四九年十二月に死刑宣告を受けて死を覚悟したのに対して、カミュは、一九三一年一月、十七歳のときに、結核のため喀血している。生後十一ヶ月のときに父親を戦争で失ったために医療費は無料ではあったが、当時は結核の特効薬がまだ発見されていなかったので、それは、彼にとって、死の宣告を受けたに等しかった。『異邦人』、『ギロチンに関する考察』（一九五七年）、『最初の人間』（一九九四年）に書かれていることであるが、カミュは十歳の頃、父親が極悪殺人者の死刑を見に行き、帰って来たとき蒼い顔をしてショックを受けた様子で嘔吐をした話を聞いており、それがカミュの心に食い込んでいたと思われる。この話が前記のカミュの結核体験と結びつき、人間は死刑囚であるという宿命について考え始めたと見なすことができる。

このようなカミュが、ドストエフスキーの文学の死の意識を見過ごしにするというのはありえないことなのである。

カミュが『罪と罰』を読んで着想したものの一つは、幸福実現のための殺人であったと見なすことができるが、その後に描かれているものが異なっている。

まず、殺人の動機についてであるが、ラスコーリニコフは、「非凡人の思想」を考え出し、ナポレオンのような「非凡人」と違って、自分は殺害後苦しむことになることを予感しながらも、自分は「非凡人」であると自分に証明するためであるかのように、金貸しの老婆アリョーナを殺害する。リザヴェータを殺す気はなかったが、成り行き上、やむをえず殺してしまう。彼は傲慢な男である。自分は「非凡人」だと思いたい男であった。そこに、悪魔がつけこんだと言うことができる。しかし、ラスコーリニコフの殺人は、人類の幸福という大義のためという側面もある。人類の悲惨、苦悩に対処したいという気持ちが彼を犯行へと向かわせたところがあった。彼は、他人の苦しみに極めて敏感な男である。三十歳前後の紳士から狙われた、酔っ払った少女を救おうとしている。また、酔ったマルメラードフを居酒屋から彼の住まいであるアパートに送って行ったときと馬車にはねられて瀕死のマルメラードフをそのアパートに運び込んだとき、貧しい母妹からの送金で生活しているにもかかわらずマルメラードフ家にお金を寄付している。

老いたやせ馬の夢を見ることになるのも、彼のそのような性格によると見なすことができる。また、醜くて病身だった元婚約者ナターリヤに対する気持ちも、村人に苛められ肺病にかかった孤立無援の不幸な娘マリイに憐れみの心で接した、『白痴』のムイシュキン公爵のそれに類似したものがあったのではないかと推測される。エピローグには、肺病の友人の世話をし、その学友が死ぬと、彼が養っていた病身の老父の面倒を見たこと、病院に入れてやり、死んだら葬ってやったことと、火傷までして火事の中から二人の子どもを救い出したことが報告されている。このような性格だから、母親の手紙で、妹がスヴィドリガイロフの家で酷い目にあったことと、妹が彼のためにルージンという卑劣な男と結婚する決意をしたことを知ったことも、殺人へと彼の背中を押すことになった。

これに対して、メルソーは、貧乏であるために、日曜日の他は八時間労働があり、自由な時間がないので幸福に生きることができないという不満を解消するために、ザグルーを殺して金を手にするというものであった。隣人の幸福のためという意識はなく、自分の幸福のためのものであった。

次に、殺害後、寒気、悪寒に捕らわれ、病気になるということで共通しているという点についても、その内実が異なっている。ラスコーリニコフは、殺人を犯したという意識のために悪寒を感じ、うなされる。それは、明確に罪を意識したからという性質のものではなかったが、人を殺したことで苦しむのだった。彼が苦しむのは、自分は「非凡人」ではなさそうだという思いのためであるのだが、そう思うのは、ナポレオンのような「非凡人」と違って殺害したことで苦しんでいる自分に気づくためなのである。

一見苦しむことになるためであるかのように、ラスコーリニコフは、アリョーナだけでなく、リザヴェータも殺すことになる。後に人生の伴侶となるソーニャの友人リザヴェータを殺したことで彼は苦しむのである。が、リザヴェータを殺さなかったら、ラスコーリニコフは苦しまなかったのであろうか。アリョーナはしらみなので、苦しまないのであろうか。

ラスコーリニコフは、自分が苦しむ原因をアリョーナのせいにし、夢で、すでに殺してしまっているアリョーナを殺害しようとする。その夢では、アリョーナは、嫌な存在に留まらず斧で殴っても死なない恐ろしい存在として姿を現わした。そもそも、アリョーナと初めて会った時の嫌悪感が「非凡人の思想」をラスコーリニコフに思いつかせた。が、所々で垣間見ることができる、ラスコーリニコフの心根の優しさを思うと、おそらく、殺したのがアリョーナだけでも、ラスコーリニコフは苦しんだのではないかと推測される。彼は、「人間がしらみか？　なんて疑問をもつのは――つまり、ぼくにとっては人間はしらみではないということで、そんなことは頭に浮かばず、つべこべ言わずに一直線に進む者にとってのみ、人間はしらみなのだということくらい、ぼくが知らないと思うのかい？」とも、「ソーニャ、わかってくれ、ぼくは同じ道を歩んだとしても、おそらくもう二度と殺人はくりかえさないだろう」（第五部　４）とも言う。ラスコーリニコフは「非凡人の思想」に非を認めることができなくても、「殺すなかれ」という律法をやぶったことで苦しむ男である。アリョーナだけを殺していた場合は苦しまないような男だったら、この作品におけるようにリザヴェータも殺しても、大して苦しむことはなかったのではないだろうか。そのような男だからこそ、必然的に彼に必要な存在が誰か決まるのである。家族のために娼婦となったソーニャに会いに行くことになる。そして、リザヴェータの銅の十字架をソーニャが身につけ、ラスコーリニコフはソーニャの糸杉の十字架を受け取ることにするのである。ソーニャの福音書を、シベリアでいつの日にか読むことになるだろう。すなわち、この二人の女性は、自分を犠牲にして人間を救う、赦す神であるイエス・キリストとつながっている。先に、「恵み」が存在するのである。

また、ラスコーリニコフは、予審判事ポルフィーリイとソーニャの導きで、自首をし、シベリアで再生の体験をするのであるが、その前でも、ラスコーリニコフに神への意識が全く存在しないわけではないことも注目に値する。

三回の対談というのは、ドストエフスキーが小説を構成するのに好むものの一つで、『カラマーゾフの兄弟』における、フョードル殺害後の、イワンによるスメルジャコフ訪問は三回なされているが、ラスコーリニコフとポルフィーリイとの対談、ラスコーリニコフとソーニャとの対談といった、この作品のこの二つの重要な対談も、それぞれ三回である。この三回あるポルフィーリイとの対談の最初のもので、ラスコーリニコフは、「非凡人の思想」を説明した後、ポルフィーリイから、「あなたはやっぱり新しいエルサレムを信じておいでですか?」、「神を信じているんですか?」、「ラザロの復活も?」(第三部　5)と問われ、全て肯定の返事をしている。この三つの質問に嘘を言ったというのは一応考えられることであるが、それだけでは済まないものがこの箇所には潜んでいると思われる。語り手が、他の所ではラスコーリニコフの内面を綿密に記述していたのに、ポルフィーリイがラスコーリニコフに質問をするこの場面では、全く彼の心の中を語らないのはそのためと見なすことができるのではないだろうか。知性のレベルでは嘘を言ったことになっても、無意識の領域、魂の領域では、そうではないのかもしれない。

確かに、ラスコーリニコフは、自分の母妹を含めた、自分の部屋でのソーニャとの対面の後の、三回の二人だけの語り合いの最初のときに、神を信じるソーニャに、意地悪く「だが、神なんてぜんぜん存在しないかもしれないよ」（第四部　4）と言うし、「ラザロの復活」を読んでもらう場面で、大人になってからは福音書を読んでいないことが明らかにされる。ソーニャの信仰の熱烈さが明らかにされるとともに、ラスコーリニコフの冷ややかな面が浮き彫りにされることとなっている。ソーニャだけでなくポルフィーリイもラスコーリニコフは神を信じていないと見ていることが記されているし、エピローグで、シベリアの囚人たちがラスコーリニコフを嫌う理由として神を信じていないことが挙げられている。しかし、知性のレベルでは悪魔的なことを考えても、ラスコーリニコフの、無意識の領域、魂の領域には、神を求めるところがあったのではないだろうか。そうでないなら、金貸しの老婆のアパートに殺人のための下見に行った後、「それにしても、よくもこんな恐ろしい考えが、おれの頭にうかんだものだ！　おれの心は、なんというけがらわしいことに向いているのだ！」（第一部　1）と叫ばないはずである。また、やせ馬を殺害する夢の前に、子どもの頃のラスコーリニコフは、心優しく信仰心があったことが記されている。供養のために訪れた教会で、覚えていない弟の墓を前にして、十字を切り墓に接吻したことがさりげなく記されている。日曜日ごとに教会で神を礼拝したことは報告されていないが、「彼はこの教会と、その中にある大部分は縁飾りのない古びた聖像と、いつも頭をふるわせている老神父が好きだった」（第一部　5）と書かれている。『カラマーゾフの兄弟』の第四部エピローグで、アリョーシャは、子どもたちに、子供時代の良い思い出は大人になって苦難に会ったときに救ってくれるという趣旨のことを言うが、殺人後のラスコーリニコフを救うのはラズミーヒンとポルフィーリイとソーニャに加えて、彼の胸の奥底に生きているこのような良い思い出もあったのではないかと推測される。大人になると、このようなところは、ラスコーリニコフの知性の働きのもとに抑圧されているが、時々顔を出すのである。ポルフィーリイは、ラスコーリニコフに対して、神を信じるようになったら、腸をえぐられても、笑顔でいられる人だと彼を許するが、それは、ラスコーリニコフの内奥に潜む、このような面を見抜いたためである。

このように、ラスコーリニコフは、二面性を持つ。自分は「非凡人」だと考え殺人計画を実行しようと考えるが、他方、このような醜悪なことはできないとも思うのである。そのような彼を犯行から救うはずのやせ馬の夢を見ることとなる。夢から覚めた後、ラスコーリニコフは、「恐ろしい重荷」を払いのけることができたと思い、心が軽くなる。そして、「わたしに進むべき道を示してください、わたしはこの呪われた……わたしの空想をたちきります！」（第一部　5）と、神に幼子のように祈るのであった。このやせ馬殺害を、これで彼は不条理な事実を知ったのだと見なし、これに対処するために殺人にラスコーリニコフは向かったという解釈が存在するが、そう読むよりも、素直にラスコーリニコフの良い性格の表現と見なすほうが良いのではないだろうか。彼は、知的に考える余裕がないとき、無意識の領域が開き、魂は神に呼びかける。殺人後、周りの者たちは自分の殺人を知っているのでしょうかと神に問いかけるときも、馬車にひかれたマルメラードフをアパートに連れていった後ポーレチカに自分のために祈ってくれと頼むときも、自首する前に母に会いに行き自分のために祈ってくれと頼むときも、知性のレベルから離れており、身勝手ではあるものの、神に助けを求めるというものであった。これは、やはり、幼い時のことに起因していると思われる。また、母親の手紙は、「ロージャ、いままでどおり神さまにお祈りしていますか、造物主と救世主の慈悲を信じていますか？　いまどきはやりの無信仰におまえがとりつかれていはしないかと、わたしはひそかに案じています。もしそうでしたら、わたしはおまえのために祈ります。かわいいロージャ、おまえが幼い子供だった頃、お父さんが生きていらした時分のことをおぼえていますか。おまえはよくわたしの膝の上でまわらぬ舌で祈りを唱えたものでした」（第一部　3）とある。ラスコーリニコフの妹のドゥーニャも、ルージンと結婚するかどうか決めるとき、眠らずに朝まで聖母像の前で祈りながら考えている。

二十三歳のラスコーリニコフは、ずっと前に学校にいた頃に聖書を読んだことがあるとソーニャの質問に答えているが、今は、聖書は読んでいないし、神学的思考もしない。だが、幼い頃のことが、彼の魂に食い込んでいたのではないだろうか。彼は、知的思考の領域に入り込み、そこでは神を受け入れていなかったが、幼年期に神に心を向けたことは魂に残っていたと言うことができる。

前記のように祈った後、ラスコーリニコフは、いつもだったら通らないセンナヤ広場へと行ってしまい、商人とリザヴェータとの会話で、翌日の夕方七時にはリザヴェータは仕事のため、あの金貸しの老婆のアパートにいないことを知り、犯行に向かうことになる。

それでは、このような偶然をどう考えればいいのであろうか。神は、ラスコーリニコフに犯行への道を用意したのであろうか。それとも、黙過したのであろうか。いや、そのように見なすことはできない。神はそのような悪魔的存在として、この作品では描かれてはいない。神が『カラマーゾフの兄弟』のイワンが考えるような残酷な存在なら、ラスコーリニコフは再生へと進むことはできなかったはずである。ラスコーリニコフが踏み留まることができなかったのは、その時の彼にはまだ神の声を聞く力がなかったためである。自分の意志だけで殺人を犯すのではなく、彼の外にある力にもよるというふうにして、ラスコーリニコフを全くの悪人にするのではなく、善、神を求めることのできる存在として描くために、そのような偶然が必要であったと見なすことができる。

ラスコーリニコフの神意識は幼いが、ソーニャは、自分と同質の魂の持主であることを読み取ったので、自分とは逆にラスコーリニコフは幸福達成のために自分ではなく隣人を犠牲にしたことを知っても、ラスコーリニコフとともに生きることにしたのである。

このようなラスコーリニコフの悪寒・病気は、意識下から来る、殺人を犯したという思いに起因すると見なすことができる。だが、メルソーには、このような宗教性は存在しない。メルソーの悪寒も、殺人の後自宅に帰るときに捕らわれるのであるから、殺人故とみなすこともできるが、気候という外的要因による身体的変化という傾向が強く、それで病気になり、治りきることなく、この小説の後半で、それが肋膜炎につながり、「幸福な死」に向かうこととなる。『幸福な死』では、殺害はザグルー自身から頼まれたことであり、自殺をしたいというザグルーの願望を実現させてやるという設定になっているので、メルソーは、殺人を罪と意識して苦しまなくてもよいようになっている。

メルソーは、小説の終わりの部分で、ザグルーを思い出し彼と同化するが、そこには、罪の意識と言えるほどのものは存在しないのである。したがって、彼には、いわゆる回心も再生も存在しない。すでに見たように、第二部第五章の、海水に浸かる場面は「洗礼」を思わせるが、そこに宗教性は存在しない。病気を深刻化させ、死と世界への意識を明晰にしつつ、世界との一体化、大地の石との同化をするためのものである。あくまでも、「幸福な死」のためのものである。

すでに言及したことであるが、死の意識については、ラスコーリニコフが、死刑囚が全く孤独で劣悪な状態でも生きていたいと言ったことを思い出し共感しながらも、自殺願望に捕らわれるけれども、スヴィドリガイロフとは違って、生きることを選ぶのに対して、メルソーは死を受け入れる。それは、最後まで死と自然への意識を明晰にして生き、人間もその一部である、母なる自然に回帰するという「幸福な死」であった。自殺によって人間と自然との関係を壊すことなく、自然との一体化という歓喜を完全なものにするのだった。

他方、ラスコーリニコフは、「非凡人の思想」に捕らわれることで、大地から遊離してしまっていた。ラスコーリニコフの犯行を知ったソーニャは、十字路での公開の「罪の告白」とともに、汚した大地への接吻をするように彼に命じる。ラスコーリニコフは、最初は拒否するが、結局、それを受け入れる。神と自然は一つのもの、聖母と大地は一体であるという考えは、『悪霊』の、神がかりの女でスタヴローギンの正妻マリヤ・レビャートキナ、シャートフ、『未成年』（一八七五年）のマカール老人、『カラマーゾフの兄弟』の、ゾシマ長老、アリョーシャへと受け継がれていく。カミュにおける、自然との合一、自然への回帰には宗教性は存在しないが、ドストエフスキーの文学では、大地はキリストの教えと無縁ではなく宗教性を持っている。そして、シベリアで、ラスコーリニコフは自分の犯行の非を認めることができずに苦しむことになるものの、旋毛虫のような微生物にとりつかれ自分だけが正しいと考えて殺し合い、人類の殆どが滅びるという黙示録的で内省的な夢を見て、回心をする準備ができあがるということになる。これに対して、メルソーは、大地の石と完全に一体化することを幸福と考えて、死んでいく。

ラスコーリニコフは、殺人を犯すが、回心をする存在であるので、カミュは、『罪と罰』のプロットから着想を得ているにもかかわらず、『シーシュポスの神話』において、ラスコーリニコフについて語らなかったと見なすことができる。

5　意識された死

カミュは、「付録　フランツ・カフカ（一八八三―一九二四年）の作品における希望と不条理」において、カフカの『城』（一九二六年）について、彼の作品は宗教的発想によっているために、普遍的なものとなっているが、自分は普遍的なものではなく真実なものを探求しており、この二つが一致しないことがありえると述べた後に、「本当に絶望的な思想というのは、これとは反対の基準により定義されており、悲劇的な作品というのは、あらゆる未来の希望が追い払われているのに、一人の幸福な人間の人生を描く作品であるだろうと言ったら、この見方をもっと理解できるだろう」と書いている。カミュは、不条理に目覚め、全てのものを等価として見、無関心な態度で生きる、『異邦人』のムルソーにおいて、これを実現したと言うことができる。『幸福な死』のメルソーは、小説の前半では、それはまだ不完全である。貧しくて時間の自由がないという不満を抱いて、これを克服することが課題となっているからである。メルソーは、小説の最終部で、この引用が指し示すところに到達したのであった。

不条理とは、人間を拒否し沈黙する世界と、世界との親密性を求める人間との関係であると、カミュは『シーシュポスの神話』で述べているが、死後の世界を信じることなく、死ぬことと世界を明晰に意識しつつ、死を意味する、世界との全き同化に向かうことに幸福を見いだすというのは、『シーシュポスの神話』で探求することになることが小説化されている。

このように、『幸福な死』は、『罪と罰』のプロットから着想を得てはいるが、『罪と罰』とは多分に異質である。

最後に、『幸福な死』を特徴づけるものとして、世界及び死に対して最後まで明晰に意識を向けることであることに改めて注目したい。メルソーは、自然及び死ぬことへと明晰に意識の目を向け続けるが、ドストエフスキーの小説では、死ぬまで意識を明晰に保つ存在は、スタヴローギンである。ドストエフスキーは、『罪と罰』において、知的に考察するが無意識の領域からの呼びかけにも耳を傾けるラスコーリニコフという人物を創造したが、他方、『悪霊』において、スタヴローギンを意識的に生きる人物として描いた。キリーロフは、自殺という行為によって神を否定し自分の独立を肯定するという、自分の思想を敢然と実行する決意をするが、その実行は半狂乱の中でなされた。これに対して、スタヴローギンは、意識的に生きる男である。自殺をするに際しても最後まで意識的であった。「ニコライ・スタヴローギンが首を吊った丈夫な絹紐は、明らかにあらかじめ吟味して用意されていたものらしく、一面にべっとりと石鹸が塗られていた。すべてが覚悟の自殺であること、最後の瞬間まで意識が明晰に保たれていたことを物語っていた」（第三部　第八章　結末）と、スタヴローギンの、意識的な死が説明されている。カミュは、『幸福な死』のメルソーの、幸福に死ぬという生き方を探求するに際して、幸福実現のために人を殺すところや殺人後悪寒に捕らわれるところは、ラスコーリニコフからヒントを得ていると言えるし、ラスコーリニコフにおける、世界との乖離と関係回復にも注目したのではないかと見なすことができるが、意識を明晰に保つというあり方については、ラスコーリニコフに特徴的なことではなく、カミュが彼を考慮したとは考えられない。意識的ということはカミュにおいて内在的なもので、『裏と表』の「裏と表」においても、「ぼくが今願っているのはもはや幸福であることではなく、意識的であることだけである」と書いている。意識的であることはカミュにとって内在的な欲求であるので、ドストエフスキーから学んだことではないであろうが、カミュが、この点で、スタヴローギンに共感したことは考えられる。

スタヴローギンの意識は、他人が自分をどう見るかということと自分自身に向かうのに対して、メルソーの意識は、死ぬことと自然に集中するという違いはあるが、意識的であることでは共通している。カミュが後年ドストエフスキーの『悪霊』の戯曲化を試みる要因の一つは、ここにあったと見なすことができるのではないだろうか。

第二章　『白痴』管見
——その宗教性を探りつつ——

1　「完全に美しい人間」を描いたのか

ドストエフスキーは、姪のソフィア・イワーノワへの手紙で、『白痴』（一八六八年）の創作意図について、「長編の主要な思想は——完全に美しい人間を描くことです。これ以上困難なことは、この世にはありません、特に現在は。すべての作家が、単にわが国のだけではなく、ヨーロッパのすべての作家たちでさえ、完全に美しいものの描出に取り組んだ人はみな、常に失敗してきました。なぜなら、この課題は測り知れぬほど大きいからです。美しいものは理想ですが、理想は——わが国のも、文明化されたヨーロッパのも、まだ決して作り上げられていません。この世には完全に美しい人物がたった一人だけいます——キリストです。だから、この測り知れぬほど限りなく美しい人物の出現は、限りない奇跡なのです（ヨハネの福音書全体がこの意味なのです。彼はただ美しいものの具現化にのみ、その出現にのみ、奇跡のすべてを見いだすのです）」（一八六八年一月）と書いている。『白痴』で「完全に美しい人間」を描くに当たって、ドストエフスキーが念頭に置いたものは何かという問題については、この書簡とともに、彼がシベリアの獄中で福音書を熟読したことと、これもよく引かれるものであるが、懲役刑を終えた後に書いた、N・D・フォンヴィージナへの手紙に注目する必要があるであろう。そこにおいて、ドストエフスキーは、その信条について、「キリスト以上に美しい、深い、共感できる、合理的な、男性的な、完璧なものは何一つ存在しない、いや、存在しないだけでなく、熱烈な愛をこめて言うなら、存在するはずもない、ということを信じるのです。それだけでなく、かりにだれかが、キリストは真理の外にあることをわたしに証明し、また、真理がキリストの外にあることが実際であったとしても、わたしとしては、真理とともにあるよりもキリストとともにとどまるほうが望ましいでしょう」（一八五四年二月下旬）と記している。ドストエフスキーは、どんなことがあってもキリストとともにありたいという思いを抱いて、「完全に美しい人間」はキリストしかありえないのに、『白痴』において「完全に美しい人間」を描こうとしたのであるが、この作品は、実際には、どのようなことになったのであろうか。

2　ムイシュキン公爵とは

ムイシュキン公爵は、天涯孤独の二十六歳の青年である。癲癇による発作のために、記憶及び思考の論理性を失って白痴のようになったことに対して、スイスで四年間シュネイデル教授の治療を受け、その効果が出たので、故郷のロシアに列車で戻って来たのであった。しかし、完治したわけではなかった。また、遺産を相続することになったということも、彼が帰国した要因であった。

ムイシュキンは、帰国の列車の中で、人付き合いが苦手なロゴージンと道化者のレーヴェジェフと出会い、言葉を交わす。彼は、その外見のせいで、最初は軽蔑の目で見られるが、話すことでその人柄を知られて、ロゴージンから好意を持たれることとなる。それで、ロゴージンがムイシュキンを自宅に来るよう招待すると、ムイシュキンはそれに肯定の返事をする。彼は、ここでは人を疑うことをしない男である。また、彼は、列車から降りると、遠縁に当たると思われるリザヴェータ夫人の家を訪れるが、彼女の夫であるエパンチン将軍に、そのみすぼらしい身なりや境遇から、頼られて面倒なことになるのを警戒されるものの、間もなく、その性格を見抜かれて信用されるようになる。妙に人が良くて、エパンチン家で執事を勤めるガーニャから「ちえっ、とんでもない白痴《ばか》めが！」、「ちゃんと話すことだってできやしないんだ！」（第一編　7）と悪態をつかれると、そのように罵倒してほしくない、ガーニャの家に下宿するのは止めると言うのに対して、ガーニャが慌てて謝罪すると、すぐにきれいにガーニャを許す。親戚から多大な遺産を受けた後、偽りの債権者たちにあっさりと良い思いをさせるということもあった。

ムイシュキンは、ガーニャが姉ワーリャを殴るのを阻止したし、士官がナスターシャに暴力を振るう邪魔もした。が、それは格好良くではなく、不様であった。

このように、ムイシュキンは、滑稽で抜けたところのある、善意の人として描かれているのである。

ムイシュキンのもう一つの大きな特徴は、人の魂の中に入って行ってその苦しみを見抜き、それに同化する力である。彼は、ナスターシャの苦しみもイポリートの苦しみも自分のことのように感じるのであった。が、彼は、その苦しみを取り除くことはできない。

他方、ムイシュキンは、深刻な苦しみとは言えないものについては鈍感なところがあった。ガーニャは平凡な男で才能がないにもかかわらず独創的で偉大な男でありたいという願望を抱いているのだが、ガーニャに対して、ムイシュキンは、「私の考えでは、あなたはごくありふれた平凡な、ただとても気の弱いだけの人のようですね、すこしも際立ったところはありません」（第一編 11）と悪気なく言う。また、アグラーヤがムイシュキンに恋をして、家族や知人たちもいる中、ムイシュキンに向かって、「あたくしは決して決してこの人と結婚しませんから！」と言うのに対して、ムイシュキンは、「私はまだあなたに求婚したことはありません、アグラーヤ・イワーノヴナ」と叫び、さらに、今後もその気はないことを述べ、「どうぞ安心してください！」（第三編 2）と真面目に言うのだった。

ただ、ムイシュキンは、善良な人間ではあるが、天使のような存在と言い切ることはできない。アグラーヤとガーニャとの間に何か関係があることを知って嫌な気持ちになるなど、普通の男の面も持つ存在としても描かれている。人をしっかりと信頼する一方で、暗い猜疑心に捕らわれることにもなる。彼は、子どもたちと一緒にいるのは好きであるが、大人は苦手である。不安感、憂愁に苛まれることにもなり、孤独感、余計者意識に捕らわれがちである。

このようなムイシュキンは、「完全に美しい人間」と言えるのであろうか。

3　悲劇的な結末

ムイシュキンは、ナスターシャ二十五歳の名の日の祝いで、ナスターシャがお金目当てのガーニャと結婚するのには反対であるという意見を表明し、さらに、ナスターシャに、「あなたはさまざまな苦悩のあとに、その地獄の中から清らかな人として出てこられたのです。これはたいへんなことですよ」（第一編　15）とナスターシャが言ってほしいと思っていることを言い、その心を摑む。ナスターシャに結婚を申し込むのであった。それで、ムイシュキンに、ロゴージンは「手をひけ！」（第一編　16）と叫ぶことになり、列車での初対面の時と打って変わって敵対関係に入る。

ムイシュキンは、利己的に自分の幸福を求めるところがなく、ナスターシャのためを思って結婚を申し込んだのであり、ロゴージンにも幸せになってほしいと思うのであった。彼は相手に合わせる。アグラーヤに結婚を申し込むときも同様であった。ロゴージンの恋の邪魔をしたくはないのであるが、ナスターシャとロゴージンが一緒になると、ナスターシャが命を失うことになることが彼には分かるので、ナスターシャとロゴージンの関係に干渉せざるをえないのであった。

ムイシュキンが、モスクワ滞在の後、ペテルブルグに戻って来て、ロゴージンの家を訪れたとき、自分の気持ちにブレーキをかけるためであるかのように、ロゴージンは、ムイシュキンと十字架の交換を行うことにする。これで魂の兄弟となったはずなのに、それでも、ロゴージンは、その後、ナイフを手にしてムイシュキンに会いに行く。ところが、ロゴージンがムイシュキンにナイフを振り上げたちょうどそのときに、ムイシュキンは癲癇の発作に襲われ、発作の異様さにロゴージンが驚いて、その場を立ち去ったため、ムイシュキンは命拾いをすることになる。癲癇の発作は、『家主の妻』（一八四七年）のムーリン、『虐げられた人びと』（一八六一年）のネリー、『カラマーゾフの兄弟』のスメルジャコフにおいて起こり、物語を動かす力となっているように、『白痴』においても、この癲癇の発作は、ここでは殺人が起こらないようにするが、エパンチン将軍家の夜会での場合は、ムイシュキンとアグラーヤの結婚に水を差し、悲劇へと向かわしめることとなっている。その後、ロゴージンが会いに来たとき、ムイシュキンは、自分を殺そうとしたからといってロゴージンを恨む気持ちにはならない、十字架の兄弟であることを大切にしたいという、手紙にも書いた、自分の気持ちを語る。しかし、ムイシュキンにロゴージンの恋の邪魔をする気はないとしても、ナスターシャの心はムイシュキンに向かっているのに、ナスターシャのことが心配なムイシュキンは、ナスターシャが住んでいる街から遠く離れた所に行くことができない。ロゴージンは、そのようなムイシュキンに対して、冒頭部とは別人のように、「おれはあんたを好かねえのさ、レフ・ニコラエヴィチ、だからあんたのとこへ出かけるわけもねえよ」（第三編　3）と言い放つ。

ナスターシャは、ムイシュキンをアグラーヤと結婚させ、自分はロゴージンと結婚すると言っていたのだが、アグラーヤから激しく罵倒されると、アグラーヤと自分のうちどちらを選ぶのか、とムイシュキンに問い詰める。ムイシュキンは、はっきりとした態度を取ることができないものの、恐怖感を伴った憐れみの念ゆえに、わずかではあるが、ナスターシャの方に気持ちが傾斜する。アグラーヤはそれに耐えられず、錯乱状態でその場を立ち去る。ムイシュキンはアグラーヤを追おうとするが、ナスターシャの自殺が心配で、ナスターシャの傍らに留まることにする。

ナスターシャは、何度もロゴージンとムイシュキンの間を行き来してきたのだったが、ついにムイシュキンと結婚する決心をする。ところが、結婚式の直前、教会に現われたロゴージンに助けを求めて逃走する。そして、結末の奇怪な場面となる。

ナスターシャを探すムイシュキンのもとに、ロゴージンがやって来て、自分について来るように促す。ムイシュキンが導かれた、ロゴージンの家では、ホルバインの絵がかかっている広間で、ナスターシャは、白いシーツの下に横たわっていた。ロゴージンがナスターシャの左胸を鹿の角のナイフで突き刺して殺したのである。血はほんのわずかしか出ていなかった。

ロゴージンは、ナスターシャの遺体が横たわる部屋の隣で、ムイシュキンと並んで横になって、夜を過ごそうと考えていた。ムイシュキンは、それを受け入れる。彼は、ナスターシャ殺害についてロゴージンを責めたりはしない。

防臭剤を使ってはいるものの、夏のペテルブルグのことである。臭いが漂い始めていた。静かに時が流れて行く。そして、二人は耳を澄ますことになる。

「おい、聞えるかい？」不意にロゴージンは慌てて相手をさえぎって、おびえたように床の上へ中腰になった。「聞えるかい？」

「いや！」公爵はロゴージンの顔を見つめながら、やはり慌てておびえたように言った。

「歩いてる！聞えるかい？広間だよ……」

二人は耳を澄ましはじめた。

「聞えるね」公爵はしっかりとささやいた。

「歩いてるな？」

「歩いてる」

「ドアをしめようか？」

「しめよう……」

ドアはしめられた。二人はまた横になった。長いこと黙っていた（第四編　11）

ここには、異様ではあるが、読者を惹きつけるものがある。ここで、ロゴージンとムイシュキンは、狂気の中、何を聞いたのか。この問題に答えるための材料は、具体的な出来事の記述には見当たらないが、山城むつみ氏は、『ドストエフスキー』の「写真の中の死、復活《アナスタシア》、その臭い――『白痴』」において、dukhという語の両義性に注目して、「ラスコーリニコフにリザヴェータの亡霊がソーニャとの関係の内部にあらわれたように、ナスターシャの霊魂（dukh）も、彼女がムイシュキンとロゴージンとの関係においてあげる臭い（dukh）の内側にのみあらわれるのだ」と書いている。臭いが漂う中ナスターシャの霊魂が音を立てていたという解釈は興味深い。『カラマーゾフの兄弟』（一八七九―八〇年）で、アリョーシャは、敬愛するゾシマ長老の屍骸から腐臭が発するという事態に動揺し、堕落への道を歩み始めるが、グルーシェニカの「一本の葱」に救われ、修道院に戻り、腐臭の中パイーシー神父による福音書の朗読を聞きながら眠り、ゾシマ長老と再会した後、大地に倒れ込み、大地を抱きしめて、「一生変わらぬ堅固な闘士」に生まれ変わることが想起される。臭いは必ずしも否定的なものではないように思われるのだ。この静かな境地においては、臭いに、イポリートがホルバインのキリストの絵に読み取った、「暗愚な自然」の力の勝利だけを読む必要はないのではないだろうか。ドストエフスキーにおける、「霊魂の不滅」を信じたいという願望の反映と見なすこともできる。

4　闇に射す微かな光

加賀乙彦氏は、「ドストエフスキー『白痴』」（『私の好きな長編小説』）で、「白痴の癲癇者が、無垢の人間として登場し、しかも死を前にした人間の憂愁と歓喜とを体現している。そして悪の人、ロゴージンとのあいだで、ドラマを演ずる、これがこの小説の眼目です」と書き、ドストエフスキー文学の作中人物の二つの系譜に言及している。このような見方も可能であるが、ムイシュキンとロゴージンは全く異質な人間というわけではないことにも留意したい。ナスターシャは、トーツキイの言いなりにはならないようになった後、その美貌ゆえに多くの男たちに言い寄られたが、拒否して来たようにも書かれている。彼女は、あばずれ女のように振舞うし、そう思わせるような記述も存在するが、実際はそうではないように書かれている箇所も存在する。いずれにせよ、心に憧れを秘めた女である。彼女とロゴージンとの腐れ縁は、ロゴージンによって虐待されたいという、なげやりで倒錯した欲求によっているとしても、ロゴージンが良いものを秘めていることを感じ取ったという面もあるのではないであろうか。ナスターシャ二十五歳の名の日の祝いで、ナスターシャが、最終的に、ロゴージンを選んだ後、ロゴージンは、ごろつきたちを引き連れて歩き回ることを辞め、本を読むことを始めている。ムイシュキンは、それを見て、「いったいこれが《憐れみ》じゃないというのか、《憐れみ》のはじまりではなかろうか！」（第二編　5）と考えるのである。また、ムイシュキンは不能が暗示されているが、ロゴージンも女性と深い関係が持てるとは思えない。

また、ムイシュキンがロゴージンの家を訪れた時、ロゴージンは、ムイシュキンに「あんたは神を信じているかね、どうかね?」(第二編 4)と聞く。彼は、旧教徒のほうが正しいと言いつつも、去勢派を尊敬するという、宗教心のある父親のもとで育ったのだった。そのようなロゴージンに対して、ムイシュキンは四つの挿話を語る。

第一の挿話は、ムイシュキンにとって、無神論者が言うことは一見もっともらしいが、実は見当違いのものであるという話である。

第二の挿話は、百姓が知り合いの百姓の銀時計がほしくなり、それを奪うためにナイフで斬り殺すとき、神に赦しを乞う祈りをするという話である。ロゴージンは、これを素晴らしい話だと思う。「神を信じないってやつがいるかと思えば、人を殺すときにもお祈りをあげるほど信心深いやつもいるんだな……」と言うのだった。

第三の挿話は、錫の十字架なのに銀の十字架だと偽っているのを承知の上で百姓からムイシュキンが十字架を買う話である。

第四の挿話では、ムイシュキンは、百姓女が「はじめて赤ちゃんの笑顔を見た母親のよろこびっていうものは、罪びとが心の底からお祈りをするのを天上からごらんになった神さまのよろこびと、まったく同じことなんでして」と言ったことを紹介し、そこにはキリスト教の本質が表現されていると説く。

第一の挿話については、無神論者の話は、たとえ正しいように思えても、この小説では、克服すべきもので、求められているものではないということであろう。第二の挿話は、ナスターシャを殺害する時のロゴージンを想像させる。第三の挿話は、ロゴージンとムイシュキンの十字架の交換と呼応する。第四の挿話は、神に祈る罪人ロゴージンを、初めて自分の子どもの笑顔を母親が見るように、神は見守るであろうという信仰を指し示す。

ナスターシャの亡骸が横たわることになる部屋には、ホルバインの絵がかかっていた。ロゴージンは、ホルバインの、キリストの死体の絵を見るのが好きだと言う。イポリートがホルバインのその絵に「暗愚な自然」の力を読み取ることができると力説しているし、ムイシュキンも「人によってはあの絵のために信仰を失うかもしれないのに！」（第二編　４）と言うが、次のことにも留意したい。福音書によれば、マグダラのマリアを初めとした、イエスに付き従っていた女性たちは、逃げ去った男の弟子たちと違って、十字架上で苦しみながら死んでいったイエスの姿を実際に目撃した。が、その後、マグダラのマリアは復活のイエスと出会ったのである。他方、使徒たちも、ホルバインの絵を見ることとは比較にならないほどの苦しい衝撃の体験をした。だが、彼らも、復活のイエスと出会ったのだ。ということは、極めて残酷な体験をすることが人を無神論に導くとは限らないのである。その点に注目すれば、密かに神を信じたいと願うロゴージンが、聖母子を描いた聖なる絵ではなく、ホルバインのキリストの絵を見ることを習慣にしたというのは、神を求める人間として極めて誠実な姿勢だという見方も可能なのである。このようなロゴージンについて、ムイシュキンは、「ロゴージンは単なる情欲だけの人間ではない。彼はいずれにしても、人生の闘士なのだ、彼は失われた信仰を力ずくで取りもどそうと欲しているのだ」（第二編　５）と思うのである。ホルバインの絵を見る行為は、神を信じることができない自分を肯定するためだけのものとは限らないのである。井筒俊彦は、『露西亜文学』において、このことについて、「要するに其処に描かれてある基督が余りにもなまなましく人間的であるということだ。併し乍ら、信仰の喪失、いま、信仰の拒否にさえ或る人々を導くところの此の余りにも人間的な基督像こそ、同時に露西亜人の、あの狂乱のごとき信仰の陶酔をも生み出す源泉なのである。最も激しい神聖冒瀆と最も激しい信仰とが共に此の危機をはらんだ基督像から発出するのである」（第二章　露西亜の十字架）と書いている。そして、その起源を、十三世紀初頭における、タタール人の侵入により、約三百年に及ぶ、屈辱と苦難の虐げられたその生活から、ロシア人が、キリストが「卑賤のうちに生活し」、虐げられた人たちともに生き、「自らも卑しめられ辱められつつ、遂に最も卑しい死を与えられて死んだ人だということ」に、十字架上での「残酷な死」に心を激しく揺さぶられたこと、激しく感動したことが、「復活」を受け入れ、ロシア人を熱烈な信仰へと導いたと指摘している。このように、ロシア人の精神性、宗教性を考慮すれば、ホルバインの絵を見ることは、バーゼル美術館においてこの絵を見たことで、信仰を喪失するのではないかと思われるほどのショックを受ける、ドストエフスキー自身の激しい体験に基づいているとしても、必ずしも無神論を肯定するためのものではないことを認めることができる。ホルバインの絵に、信仰を否定する「暗愚な自然」の力だけを見る必要はないのである。

さらに、ムイシュキン、ナスターシャ、ロゴージンは三人とも子どもということ、あるいは大人になれないということにも注目したい。ムイシュキンが、スイスで子どもたちから好かれたのは彼が子どもであるためであり、彼は大人が相手だと気が重いのに、子どもには惹き付けられる。ナスターシャも、大人になりきれない。アグラーヤに対する彼女の手紙の、「わたしの絵では、キリストのそばに小さな子供をひとり、残しておくことにいたします。その子供はキリストのそばで遊んでいるのでございます」（第三編　10）という箇所の「子供」にはアグラーヤへの思いを込めているのであろうが、自分も子どもとしてムイシュキンというキリストの傍らで遊んでいたいという願望もそこに潜んでいると読むことも可能である。また、人の話が分からなくなってしまっている母親に対して優しい態度を示すロゴージンを、ナスターシャもムイシュキンも温かな目で見ている。

子どもであるということ、あるいは大人になれないことは、一人前の社会人としての生活力がないことでもある。ムイシュキンは、スイスでは、パヴリーシチェフとシュネイデル教授の援助で生きていたし、ロシアに戻ってからは、親戚の遺産によって生きることになる。ナスターシャは、孤児となったので、トーツキイの財力に頼らざるをえなかった。また、ロゴージンも、父親の遺産で生きている。三人とも、自分の力で生きることができない。

このように、三人は似た者同士という側面があるが、むろん、異なるところも存在する。隣人の苦しみに対する洞察力と同化力が極めて優れているものの、その苦しみから隣人を救うことができない、無力な善意の人ムイシュキン、自分の欲望に忠実であるが、その情熱を実現する術を知らない、不器用な男ロゴージン、トーツキイが他の女性と結婚しようとしている事態に直面し自分は一人の女性として尊重されていなかったことを知り、屈辱感と傲慢な心に苛まれ毒々しい言葉を吐くようになった女ナスターシャ、このような人物設定の三人が、この作品のように出会うと、その関係が一つの運命のように三人を呪縛し、有無を言わせず、結末の悲劇へと導くことになる。ムイシュキンがスイスから帰ってこなければ、悲劇は起こらなかったと言うこともできる。

ムイシュキンは、ロゴージンと列車の中で出会い、エパンチン家でナスターシャの写真を見て、すぐに悲劇的な結末を洞察した。彼は、ナスターシャを救いたいのだが、ナスターシャは、自分は罪の女だという意識を棄てることを拒む。心ならずも陥った苦しい状況ということでは同じであるが、マグダラのマリアと違って、「赦し」を受け入れて再生の道を進むことをしない。ムイシュキンは、幸せな生活を頑なに拒否するという一種の狂気とぶつかることになり、憐れみとともに恐怖の念も抱くこととなる。ロゴージンは、ナスターシャを自分のものにしたいのだが、ナスターシャはそのような愛の形を求めてはいない。そして、悲劇が訪れたのである。

ウオルィンスキイは、『美の悲劇—ドストエフスキイ『白痴』研究—』の「ラゴージン」において、殺人を犯した後、ロゴージンが狂った状態であれ優しい人間になったことに着目し、「社会が彼を裁き罰を科し終えたとき、彼の人生が新しい時期を迎えたとき、彼の知性と信仰を求める心は解き放たれ輝き出すに違いない」と述べて、ロゴージンは「再生」するという自説を提示した。『罪と罰』のラスコーリニコフの場合と同様に、ロゴージンには明るい未来の可能性があるということである。そして、彼は、この評論を、「この怖ろしい夜を、ラゴージンの全生活が人間の苛酷な裁きの前に立たされるまでのこの夜を、二人は互いに寄りそって過すのだ——狂気のうちに、そして蘇った純粋な相互の愛の感動的なやさしさのうちに。

ラゴージンは光明に照らされ、救われたのである」で結んだ。

また、このことも示唆的なことであるが、アグラーヤとの対決の後、精神に異常をきたしたナスターシャに対して行ったように、ムイシュキンは、意識を失ってうなされるロゴージンの頭や頬を子どもをあやすようにそっと撫でるのであった。ロゴージンがその優しさを理解した可能性があるのである。

5 『白痴』の宗教性

小林秀雄は、「「白痴」について Ⅱ」（『小林秀雄全集第六巻 ドストエフスキイの作品』）において、ナスターシャ殺害について、「ムイシュキンが、ラゴオジンの家に行くのは共犯者としてである。彼と、その心が分ちたいといふ希ひによつてである。『自首なぞ飛んでもない事だ』と殺人者に言ふのは彼なのである」と書いている。また、森有正は、「ドストエフスキーにおける「善」について—『白痴』をめぐって—」（『森有正全集第8巻』）で、「善を主張しようとする人は、まさにそのことによって、人と自己とに対して最大の罪を犯すに到る。『白痴』はこの哀しい人生の真実を伝えているのである」と記している。この二つの批評は正当性のあるものであるが、前述したように、ロゴージンの願望が歪な形で実現したという面もある。山城むつみ氏は、『白痴』の結末に、成就した愛のかたちを読み、「写真の中の死、復活《アナスタシア》、その臭い ― 『白痴』」で、「《去勢派の殺人者》は《鞭身派の聖母》の臭い／霊魂《ドゥーフ》に包まれながら《白痴》と一緒に広間の《幽霊》に耳をすましたとき、教会ではなく、自分の父親の存在感が染み込んだこの書斎で、父親立ち会いのもと三人で結婚式を挙げようとしたのかもしれない」と書いている。

　ロゴージンはもともとナスターシャとの生活からムイシュキンを排除する気はなかったことに留意したい。冒頭部で、彼は、ムイシュキンに自分の家に来るよう誘い、一緒にナスターシャの所に行こうではないかとムイシュキンを誘っている。ロゴージンは、ナスターシャとともに生きていきたかったが、二人だけの世界を望んでいるのではなかった。ロゴージンは、ナスターシャと自分との関係が良好で、それをムイシュキンが優しく見守ってくれるような状況を願っていたのである。三人とも性の営みには向かわない存在で、三人の関係は精神的なものなので、実際に生身の肉体を持って結婚することがあっても、精神的関係に限られたのではないだろうか。

　以上見たように、狂気に捕らわれ始めた、ロゴージンとムイシュキンは、臭いの漂う中、ナスターシャの霊魂が立てる音を聞くことができた。この作品の悲劇的な結末は、冒頭部のロゴージンの願望が歪な形で叶ったということになっている。この三人は、怖れの念を抱きながらも、互いに惹かれ合った。同質のものも持っていたので、異様な形であれ、最後には一緒になったのであった。このような点から、この結末はこの三人に相応しいものであったと言うこともできる。初期の小品『弱い心』（一八四八年）で、アルカージイは、親友ワーシャと彼が結婚することになるリージェチカに自分を加えた三人の幸福な生活を願い夢破れるが、その願いが姿を変えてここに生きていると言うこともできる。

さらに、『白痴』を公にした四年前の一八六四年に、最初の妻マリヤの病死に際してドストエフスキーが書いた、次の文章に注目したい。

「四月十六日　マーシャは卓上に横たわっている。私はマーシャとまた会えるだろうか？

キリストの戒律のままに人間を自分自身と同じく愛すること――それは不可能である。地上における個としての人性の法則がわれわれを縛る。自我がさまたげとなる。ひとりキリストのみがよくなしえたが、しかしキリストは、太古から人間がそれをめざし、また自然の法則によってそれをめざさざるをえないでいる永遠の理想である。――ところが肉体を具えた人間の理想としてキリストが出現して以後は、個の最高の、究極の発達の行きつくところ（発展の最終段階、目的達成の時点）、人間は次のことを発見し、認識し、自身の本性の全力をもって確信するまでに至らなければならないことが、白日のように明らかになった。それはほかでもない、人間が自身の個を、おのれの自我のまったき発達を用いうる最高の方途は、ほかならぬその自我をいわばほろぼし、それをあげて万人にまた各人に全的に無条件に献げるようにすることなのである。そしてこれこそが最大の幸福である」（『手帖より』）　この「キリストの楽園」は、福音書でキリストが説いているものであり、そこでは、「神の御使い」のように生きるので、娶ることも嫁ぐこともない。ドストエフスキーにとっては、他者を自分と同じように愛する状態であり他者のために自分を滅ぼし完全に自分を献げることで到達することができる、この上なく幸福な境地である。「三人での結婚式」は、死と狂気によって成立したものなので、それに至る過程は全く異なるが、マリヤの死に際してドストエフスキーを捕らえた、この「キリストの楽園」への思いと通い合うものがあるのではないだろうか。ナスターシャは霊魂となり、ムイシュキンとロゴージンは狂気ゆえに地上的なものから遊離していた。一時的ではあるが、自我の壁を越えて、不完全ながらも共に時を過ごすこととなったのである。

悲劇的な結末を迎える三人を、初めて自分の子どもの笑顔を見る母親のように、神が温かな目で見詰めていてほしいという願いが、この作品には潜んでいるのかもしれない。

6　ムイシュキン公爵とキリスト

ムイシュキンは、やはり、キリストを考慮して描出されたと言うことができる。彼は、エパンチン将軍家で、スイスのことを回想して、最初は憂鬱だったが、驢馬と出会ってスイス全体が気に入り、ふさぎ虫が消えたと語る。これは、イエスがエルサレムに入るとき驢馬に乗ったことを思い起こさせる。すでに検討したように、アグラーヤへのナスターシャの手紙の、キリストについての記述も、ムイシュキンが念頭に置かれている。ムイシュキンの特質である、善意及び他人の苦しみを洞察し同化する力は、キリストが十全に持っているものである。

しかし、ムイシュキンは、すでに見たように無力な存在である。これに対して、イエス・キリストは、律法を守ることに専念し慈悲の心のないファリサイ派の人たちの偽善を激しく批判したし、苦しんでいる人たちを救うことができた。この世でユダヤ人たちを現実的に幸せにする、地上の王になる存在であるのではないかと期待をかけられるほど力があった。が、そのようなところは、ムイシュキンには存在しないのである。

すでに検討した、最初の妻マリヤの病死に際してドストエフスキーが書いた文章から、ドストエフスキーにとって、キリストが「完全に美しい人間」であるのは、キリストが自我を滅ぼし自己を万人のために捧げるという「犠牲」を完全に行うことができたためだと判断することができる。ムイシュキンは、キリストのように、善意の存在であり、人の苦しみを見抜き自分のこととして感じることはできた。ムイシュキンにとって、憐れむことは自我の壁を越えることであった。ムイシュキンは、ナスターシャやロゴージンの苦しみを自分のものとして、相手のためを思って生きたので、「犠牲」と無縁ではない。しかし、キリストは、創造主との関係においては受動的であるが、人間に対しては能動的であるのに対して、ムイシュキンは、人間に対するとき、受動的になる傾向があるので、「犠牲」が不完全なものとならざるをえなかった。ということは、ムイシュキンは、「完全に美しい人間」たりえなかったことになる。試みに失敗したということになる。だが、ドストエフスキーは、「完全に美しい人間」はキリストしかありえないのに、「完全に美しい人間」を描こうとした。宗教書「イエス伝」として試みるのであるならば、成功の可能性があったが、文学作品を書くことでそれを試みたのであるから、極めて困難である以上に、最初から不可能なことであった。

ムイシュキンは、キリストとは違って、人間に対して受動的で無力であったために、心ならずも悲劇を招き寄せた。が、その悲劇性にも意味はある。イエス・キリストは、当時、聖霊が訪れていなかった者にとっては、罪人として処刑された敗者であった。その点において、ムイシュキンには、イエス・キリストの一つの側面を垣間見させるものが存在するのである。井上洋治神父が、「パウロもいうように、キリスト教の特徴は、ふつうの視点からみればマイナスであり、排除されるべきであるこの苦しみや痛みに、実に積極的な価値を認め、与えている点にあるように思えるのである」(『キリストを運んだ男　パウロの生涯』の「第七章　パウロの第三次伝道旅行とローマへの旅」)と書き、それは「人間的視点からみれば苦しみと恥辱と敗北でしかないイエスの十字架の姿」に基づくとしているように、イエス・キリストの存在故に、ムイシュキン公爵の敗北にも意味があるのである。ムイシュキン公爵の美しさは、苦しみを生きるところに存在するのである。

第三章　『異邦人』と『白痴』
――死刑囚意識をめぐって――

1　『異邦人』と『白痴』の共通性

カミュは、不条理を探求した作家である。死すべき人間の条件を追求した。彼の代表作である『異邦人』（一九四二年）では、主人公ムルソーは死刑囚となる。このカミュが最も敬愛した文学者であるドストエフスキーの『白痴』（一八六八年）の主人公ムイシュキン公爵は、初めて訪れたエパンチン将軍家で死刑囚の話をしている。

カミュは、『シーシュポスの神話』（一九四二年）で、ムイシュキンについて、「病気のムイシュキン公爵は、微笑みと無関心の色を浮かべて、「永遠の現在」を生きているのであり、この至福の状態は、この公爵が語る「永遠のいのち」なのかもしれない」（「キリーロフ」）と書き、ムイシュキンに対して共感を示している。

カミュとドストエフスキーは、それぞれ『異邦人』と『白痴』において、死刑囚意識をどのように作品化しているのであろうか。死刑囚意識という事項に関して、『異邦人』と『白痴』は、どのような点で共通し、どのような点で異なっているのであろうか。

2 『異邦人』における死刑囚意識

ムルソーは、『異邦人』の第一部では、浜辺で太陽に激しく攻め立てられ、それに反撃するかのように、隣人のレエモンの愛人の兄弟であるアラブ人をピストルで殺害する。第二部では、裁判において、アラブ人殺害は忘れられたかのように、お通夜でカフェオレを飲みタバコを吸い、母の死に対して涙を流さなかったこと、埋葬の前にもう一度母親の顔を見ようとせず、葬儀から間もないのに、昔の同僚マリーと海水浴をして戯れ、喜劇映画を観、ふしだらなことをしたことなどで、冷酷で非情な男と断罪され、死刑宣告を受ける。

ムルソーは、アルジェリアのモラルに従って生きていたので、彼が住んでいた界隈の男たちからは認められていたが、犯罪者ムルソーを裁く目で見る者たちは、そのようなモラルとは無縁のように描かれ、カトリック社会の価値観、習慣によっているので、彼の言動が受け入れられることはなかった。アルジェリアのモラルについては、カミュは、『結婚』（一九三九年）において、アルジェリアでは、美徳は意味がなく、アルジェリア固有のモラルが存在するとし、「母親をないがしろにしない。通りでは、妻を敬うようにさせる。妊娠した女性には敬意を払う。一人の敵に二人で襲いかかったりしない、『汚ないことをする』ことになるから。これらの基本的な掟を守らない者に対しては、『やつは男じゃない』と言って、一件落着となる」（「アルジェの夏」）と書いて、このモラルを説明している。ムルソーは、アラブ人にナイフで傷つけられた後そのアラブ人と再び会っていきり立つレエモンに、「あいつとは男と男の闘いをやれ。ピストルは俺に渡せ。もし他のやつが加わるか、あいつがナイフを抜くかしたら、俺が撃ってやるから」（第一部　6）と言うような男なのである。

語りに工夫がなされ、第一部では、ムルソーの内面が示されてムルソーに読者は共感できるようになっているが、第二部の、取調べや裁判では、ムルソーの言動を裁く人たちは外から見るようになっているので、ムルソーが理解されることはなかった。

カミュは、不条理を、『シーシュポスの神話』で、「不条理というのは、人間の理性では理解できないこの世界と、その呼びかけが人間の最も奥深いところで鳴り響いている、明晰でありたいという、この狂おしいほどの願望が対立した状態にあることである」（「不条理な壁」）と、不条理を定義している。世界との親密性を求める人間を世界が拒否し沈黙することから、不条理が生じると言うのである。また、不条理は、人間に対する自然の無関心から生じると言うことができるが、『裏と表』の「肯定と否定のあいだ」で描かれている、カミュに対する、母親の沈黙、無関心も、不条理の成立に関わっていると見なすことができる。不条理の感情については、「人間は死ぬというこの宿命の耐えがたい照明を受けると、無益ということが姿を現わす」（「不条理な壁」）と説明している。死と直面することによって、「不条理の感情」が発生するのである。不条理に目覚めることによって、全てが否定され、全てが等価値になるのである。人間は、誰でも自分が死ぬことを考えると、生きることが無意味に思えるものであるが、カミュは、このことから目を背けずに、徹底的に追求したのである。

死刑判決を受けた後、ムルソーは、死刑について考察する。死刑判決を下す行為の曖昧さと死刑判決後の傲然とした確実性が不釣合いであることに注目する。そして、死刑囚の条件である、確実に死ぬということが耐え難いので、それに修正を加えたいと思う。死なないですむ可能性がわずかでもあるようにしたいのである。が、ギロチンによる死刑という冷酷なメカニズムには抜け道がないことが明確になるばかりであった。

上訴と処刑日の夜明けが、ムルソーの頭を占めるようになる。ところが、「死ぬ時について、どのようにとか、何時とかというのは重要ではない」（第二部　5）と考えて、ムルソーは上訴の却下を受け入れる。さらに、恩赦も諦める。ムルソーは、生き続ける努力をしないことにした。彼は、死刑への道に自分を限定してしまう。そうすることによって、不条理ということを、第一部とは別の形で実践することになる。

だが、それでいて、残された時間を、自分にとって価値のない、神を信じることを求める教誨師の話で奪われることに苛立つ。教誨師に怒りを爆発させるのだった。死が存在するので、全ての物、全ての人が等価値になる、全ての人が特権者であり、いつか処刑されると、ムルソーは叫ぶ。そして、怒りを爆発させた後、「かあさんが人生の終わりに、どうして「婚約者」を作ったのか、どうして人生を生き直す真似事をしたのか分かるような気がした。（中略）死を間近にして、かあさんは、あの養老院で解放されたように感じ、これから、あらゆることを再び生きることができると感じたにちがいなかった」と言う。母が理解できたという気持ちになり、母の死を受け入れる。彼は、「世界の優しい無関心」に初めて心を開く。「世界がこんなにも自分に似ていて、結局まるで兄弟のようだということが分かって、ぼくは幸福だったし、今も幸福だと感じた。あらゆることが成し遂げられるために、孤独をあまり感じないために、ぼくの処刑の日に、見物人が沢山いて、ぼくを憎悪の叫び声で迎えることを願うことしか、ぼくには残っていなかった」で、この小説は終わる。

カミュは、『異邦人』の「アメリカ大学版への序文」（一九五五年）で、ムルソーについて、「私は、私の作中人物で、私たちに相応しい唯一のキリストを描こうとしたとも、やはり逆説的にだが、言ったことがある」と書いている。死刑に臨むムルソーの向こうにキリストが感じられるように書かれている。カミュは、キリスト教教義は拒否するが、イエス・キリストは崇拝していた。『シーシュポスの神話』で、「イエスは、この上なく不条理な状況を具現した存在なので、「完全な人間」である」（「キリーロフ」）と記しているように、カミュは、イエス・キリストを、信じている神に見捨てられ十字架にかかるという、不条理な最後を遂げた存在と見なしている。

以上のように、不条理の意識が、この小説の主人公ムルソーの内面を形成し、殺人へと導き、彼を死刑囚にし、死刑を受け入れさせ死刑へと向かわせることとなった。

3　『白痴』における死刑囚意識

ムイシュキン公爵は、初めて訪れたエパンチン将軍家で死刑について語る。まず、召使にリヨンで見た死刑の話をする。「罪人は利口そうな、腹のすわったような、力のありそうな中年男」と見受けられる死刑囚レグロについて、「この男は断頭台へとのぼっていったんですが、ふと見ると、泣いているんですよ、紙のように真っ蒼になって」（第一編　2）と言う。この刑罰に対する恐怖感のためであった。ギロチンだと痛みにあまり苦しまずに死ねるという、召使の意見に対して、「いまにも魂が肉体から脱けだして、もう二度と人間ではなくなるんだということを、確実に知る気持ちのなかに」いちばん強い痛みがあると反論する。

さらに、その後も、彼は、リザヴェータ夫人とアレクサンドラ、アデライーダ、アグラーヤという三人の娘に死刑について語る。そこでは、昨年会った人から聞いた話を紹介するという体裁で、死刑囚体験が語られる。ムイシュキンは、「政治犯として銃殺刑の宣告を読みあげられたのです。ところが、それから二十分あまりたって、今度は特赦の勅令が読みあげられ、罪一等を減じられたのです」（第一編　5）と言う。「その男は自分が数分後にはいきなり死んでしまうものという確信のもとに生きていた」ということである。柱が三本あり、一本の柱に一人の囚人が縛りつけられ、三人が一度に銃殺されるというもので、その男は前から八番目であった。したがって、後五分間しか生きられなかった。それで、五分間を三つに分けて、最初の二分間を友だちとの別れに使い、次の二分間は、自分自身のことを考えることにし、残りの時間は、この世の名残にあたりの風景を眺めることにしたのだった。「三分後にはもう何かあるものになる、つまり、誰かにか、何かにか、なるのだ、これはそもそもなぜだろう、この問題をできるだけ早く、できるだけはっきりと自分に説明したかったのです」と言うように、処刑されると自分はどうなるのかと自分に問うのだが、その問いが死刑囚を苦しめる。「そこからほど遠からぬところに教会があって、その金色の屋根の頂が明るい日光にきらきらと輝いていたそうです。（中略）この光線こそ自分の新しい自然であり、あと三分たったら、なんらかの方法でこの光線と融合してしまうのだ、という気がしたそうです……いまにも訪れるであろうこの新しい未知の世界と、それに対する嫌悪の情は、まったく空怖ろしいものでした」と、死刑囚の苦しみを紹介する。死んで自分が何か別のものになるということに対する凄まじい嫌悪感がそこにはあった。

ムイシュキンは、元死刑囚の話を聞いた後の状態について、「この私は友だちの話にすごいショックを受けて、あとで夢にまで見たんです。その五分間のことを」と言う。また、死刑を目撃したことについて、「おまけに、そのあと病気になったくらいです」と述べている。これらの記述に、ムイシュキンが人の苦しみを自分のものとする共感力を豊かに持つことを読み取ることができる。

前述の元死刑囚の話は、ペトラシェフスキー事件で死刑判決を受け刑執行の直前に特赦の詔勅を受けるという、ドストエフスキーの体験によるものであるが、ドストエフスキーは、この死刑囚体験について、流刑地シベリアに向かう直前の、兄ミハイルへの手紙（一八四九年十二月二十二日）でも述べている。だが、それは事実関係の記述のみで、その苦しみについては語っておらず、これからしっかり生きていくという決意は生命感に溢れており、そこにはムイシュキンの病的で静かな意識は存在しない。ドストエフスキーは、『白痴』で初めて自分の死刑囚体験に取り組んだのである。

ムイシュキンは、この話の少し後で、リヨンで目撃したこととして死刑の話をする。死刑囚が梯子段を登ってしまって、処刑台に足をかけたその瞬間について、「そのとき、男はちらっと私のほうを向いたのです。私はその顔を一目見て、何もかもがわかってしまいました」（第一編　5）と言う。ムイシュキンには、ナスターシャの写真でその苦悩を見抜いたように、死刑囚の顔を見て、その内面を洞察することができたことが明らかにされる。朝の五時、まだ眠っているときに、典獄が看守といっしょにやってきて、死刑囚を起こし、「九時すぎに刑の執行だ」と言うのだった。死刑囚に残されたわずかな時間が牢獄の職員や神父の自己満足の対象となるのだが、それは死刑囚をなぶりものにするようなものだと述べられている。

町じゅう引き回され刑場に着いた死刑囚について、「男はその梯子の前でいきなり泣きだしたのです」と、召使に語ったことを再び口にする。さらに、ギロチンがすべり落ちてくるのに耳を傾けるし、首を切り落とされてからもわずかの時間なら、頭が切り離されたことを知っているかもしれないといった、死刑囚が体験する惨たらしいことについても言及する。

ムイシュキンは、「神父が十字架をさし出すと、男はむさぼるように蒼ざめた唇を突き出しながら、それを眺めているのです。そして、何もかも承知しているのです。十字架と首、これが絵のテーマです」と言って、美しい娘アデライーダに彼女が描くのに似つかわしくない陰惨で恐ろしい画材を紹介する。彼は、ここにおいて、死刑囚が自分に訪れる、死という残酷な瞬間へと意識を向けていることに注目している。苦しむことから目を逸らさないということに。

以上のように、死刑囚についての、ムイシュキンの話には、彼が風変わりな性格の持主で世間一般の行動様式から逸脱してしまうこと、彼が洞察力及び共感力に長けていること、彼が苦しむ存在であることなどを読み取ることができる。

それでは、死刑囚についての記述は、作品の他の部分とどのように関わっているのであろうか。

ムイシュキンは、処刑を目前にした死刑囚が、自分は教会の金色の屋根の頂に射す日光と間もなく融合することになると感じ、非常な嫌悪感を抱いたことを語っているが、それは彼が死刑囚の心の動きを興味深く思っているためであると考えられる。ムイシュキンにとっての苦しみは、激しい不安、耳も聞こえず口もきけないという、他との隔絶状態であるが、そこには、死刑囚の嫌悪感と通じるものがあるのであろうか。死刑囚の場合は、死を目前にしているのであるが、ムイシュキンの場合はそうではない。だが、希望のない孤独な状態であることでは共通している。

自分の命は後二、三週間しかないことを知っている、一種の死刑囚であるイポリートの苦しみとの関係はどうであろうか。ムイシュキンは、イポリートが、一匹の蝿さえも生の饗宴を楽しむことができるのに、自分だけはそれができないという、除け者としての苦しみを語るのを聞くが、イポリートに慰めの言葉をかけることなく、沈黙を守る。が、ムイシュキンは、イポリートの告白を聞いた後、スイスでの生活を思い出している。「自分はすべてのものに縁のない赤の他人であり、除け者なのだ。ああ、もちろん、彼は当時こうした疑惑を言葉に言い現わすことはできなかった。彼は耳も聞こえず、口もきけずに、ただ苦しんだのである。しかし、今の彼には当時の自分がこうした考えを、すっかり同じ言葉で語ったことがあるように思われるのだった。そして、あの《蠅》のことも、イポリートがほかならぬ当時の自分の言葉と涙の中から取ってきたような気がするのだった」（第三編　7）とあるように、ムイシュキンが、スイスで体験した、激しい不安、孤独感は、イポリートの苦しみと同質のものであり、ムイシュキンには、その苦しみが理解できた。死刑囚のような存在であるイポリートの精神状態と、癲癇に苛まれるムイシュキンの精神状態は、類似していたのである。ムイシュキンを捕らえる、激しい不安、他との隔絶感に、いわゆる死刑囚の心の状態につながるものがあったと見なすことができる。

また、ナスターシャも、死を意識する存在である。アグラーヤへの手紙では、ナスターシャは、「わたしはまもなく死んでいくのでございますから」（第三編　10）と言う。自分を絶えず見詰めている、ロゴージンの恐ろしい眼について言及した後に、ナスターシャは、「わたしは恐ろしさのあまり、あの男を殺しかねないくらいでございます……でも、あの男のほうがさきにわたしを殺してしまうことでございましょう」と書いている。彼女は、近いうちに自分が死ぬことになる人間だと考えている。彼女が、このように一種の死刑囚であるのなら、ロゴージンから逃げ出しても、あるいは、ムイシュキンが救おうとしても、それは不可能なことであった。

このように、『異邦人』と『白痴』においては、死刑囚意識が作品の主要な要素となっている。

4　死刑囚意識を通して見る、『異邦人』と『白痴』

カミュは、『シーシュポスの神話』において、『カラマーゾフの兄弟』のアリョーシャが永生を信じることに批判的であるが、『白痴』のムイシュキンが「永遠の現在」を生きていることには共感を示した。カミュの『異邦人』は、死刑囚意識の内容に関して、ドストエフスキーの『白痴』とどのような共通点があるのだろうか。異なるところがあるとしたら、それはどのようなものなのであろうか。

まず、類似点であるが、『異邦人』も『白痴』も、死を凝視する人物を描き、死刑の恐ろしさは死刑囚が間もなく確実に死ぬことにあると語らせている。死刑のそのような機能について、『白痴』では具体的かつ感覚的に描かれているのに対し、『異邦人』では知的に論じられている。カミュは、『ギロチンに関する考察』（一九五七年）において、死刑制度を否定するために、いろいろな資料を引用して、哲学的にだけでなく具体的にも死刑について語っているが、『異邦人』においては、死刑についての具体的な記述は僅かである。

また、どちらの作品においても、教誨師あるいは牢獄の職員がわずかな時間しか残されていない死刑囚に対して無神経な対応をする様が描かれている。『異邦人』では、そのことが、この物語を結末に導く直接的な動因となっている。ムルソーは、神父に怒りを爆発させた後、母を理解し母の死を受け入れる。「世界の優しい無関心」に初めて心を開き、自分が幸福であると感じる。そして、死刑に臨む。『白痴』における、いわゆる死刑囚に対する無理解な対応は、ムイシュキン以外の人たちの、イポリートの苦しみへの無理解な言動と呼応している。また、イポリートは、迫りくる死を意識しつつ、自分の部屋の壁を見詰めており、「あの汚ない壁の上には、ぼくの諳じていない汚点は一つだってないのだ」（第三編　5）と言うが、『異邦人』のムルソーも、牢獄で壁の石を空しく見詰め続けた。イポリートもムルソーも、死刑囚として、そうせざるをえないのであった。

死刑囚の苦しみが分かるムイシュキンは、エパンチン将軍家で、「持病の度かさなる発作のために、自分はほとんど白痴同然になってしまった」（第一編　3）と言う。ロシアで白痴同然になり、スイスで治療を受けて、ある程度治ったので、遺産相続のためもあって帰国したのだが、ロシアで病気が再発することとなる。彼は、「発作は今ではごくたまにしかありません。でも、よくはわかりません。ここの気候は私の体には悪いっていってますから」（第一編　5）と述べており、ロシアの気候が病気を再発しやすくした。それに、ナスターシャの死が加わった。彼は、その死を悼み、白痴同然になるのである。このことに注目すると、スイスに行く前、ロシアで、その気候に誘発されて癲癇の発作に度々捕らわれたためだけでなく、父と母の死などの不幸による苦しみも、白痴同然になった要因であったのかもしれないと推測することができる。

また、一種の死刑囚であるイポリートも、苦しむ存在である。「ぼくはただ万人の幸福のために、真理の発見と伝道のために生きたかったのです」（第三編　10）と言っていることから分かるように、その宗教的資質を開花させる生もありえた。彼は、「宗教！　ぼくは永遠の生なるものを認めている」（第三編　7）と言う。「あの世もその掟もある」と考えている。しかし、それがどのようなものかまったく理解できないのである。イポリートは、他の者たちが生の饗宴を楽しむことができるのに、自分だけはそれができないことを直視する。彼にとって、暗愚な自然の破壊的な力の象徴であるように思われる、ロゴージンの幽霊を見た後、「あの幽霊がぼくを卑小なものにしてしまったのである。ぼくは蜘蛛の姿をしたあの暗愚な力に、とうてい屈服することができないのである」（第三編　6）と、自殺の決意を固めた時のことを語っている。彼は、自分にできることは自殺しか残っていないと考えるのである。自己の尊厳が汚されないように、自分の死は自分の手でと決意する。だが、その試みは不様に失敗した。イポリートは、ホルバインのキリストの絵を見て嫌悪した、自然の暗愚な破壊的な力に命を奪われることとなる。これは、ムイシュキンが語った、死刑囚が死への恐れから哀れな姿を晒した後ギロチンで殺された話と呼応している。

これに対して、『異邦人』においては、ムルソーは死刑囚となり、監獄で死刑囚の条件についていろいろと考えるが、結局は、死刑から逃れる努力を放棄する。自分が自由になって死刑執行を見に行くのを空想した後、寒気に捕らわれて歯をがちがち鳴らすことはあっても、『白痴』の死刑囚レグロと違って、死を恐れて不様な姿を晒して取り乱すことはなかった。ムルソーは、法廷で、検事たちから嫌われていることを感じて、泣きたくなるということはあったが、死刑囚レグロと違って、死を前にして真っ蒼になって泣くことはなかった。また、人間でなくなることへの嫌悪も、死んだ後自分はどうなるのかといった問いも存在しない。

ムルソーによって、死刑が理不尽なものであることは知的には語られるが、『異邦人』の死刑は、『白痴』のそれと比べると、その恐ろしさは生々しくはない。カミュの不条理の哲学を、ムルソーは、死刑囚という究極の状況にあっても、精神が壊れることなく、知的に明晰に展開して、小説化していく。それは見事ではあるが、実際の死刑囚とは異なっているのではないかという感想を抱くことにもなる。生々しくはなく、神話のようなのである。『結婚』において、カミュは、世界との合一による歓喜とともに、死の恐怖についても語っている。また、「私には、死ぬことへの恐怖は全て、生きることへの羨望に集約されることが分かる」(「ジェミラの風」)と、イポリートの心情に通じるようなことも書いている。が、カミュは、小説では、死の恐怖に焦点を当てることはしない。作中人物が死の恐怖により取り乱したりせず、平静な精神状態を保つにように描かれている。

このことは、死後に出版された、カミュの小説『幸福な死』（一九七一年）において、一層顕著である。孤独で貧しい労働者の生活に惨めさを感じていた主人公メルソーは、大金持ちだが事故で両脚を失ったザグルーの自殺願望を叶えてやる報酬として大金を得る。その金のお蔭で、彼は会社勤めを辞めることができ、「世界をのぞむ家」で若い女性たちと生活し、海と山の間の小さな家で一人暮らしもするが、それに満足することができない。肋膜炎になったので、死ぬことで世界と一体化することに幸福を見いだす。メルソーは、死を明晰に意識するが、死の恐怖に押しつぶされそうになることはない。『白痴』のイポリートは、人間を破壊する自然の暗愚な力を嫌悪したが、メルソーが、死ぬことで大地の石、自然と一体化するとき、そのような嫌悪感を抱くことはなかった。

これは何処から来るのであろうか。これは、カミュが自己の哲学を小説化しようとしたことと、彼における自然への激しい愛のためであろう。

ただ、カミュは結核が完治せず、結核による死に脅かされ続けている。それに対して、ドストエフスキーの場合は、強烈な死刑宣告体験は一度であるが、癲癇による死への怖れは彼に付きまとっていた。いずれにしても、死を意識することがこの二人の文学者においては文学作品を創造する一つ要因となっているということは言えるのである。

5　ムルソーとムイシュキン公爵

『異邦人』のムルソーは、第一部では、現在の生活に満足しており、同僚、隣人、恋人と仲が良く、周りの人間たちにとって異邦人ではなかった。第二部では、母の埋葬の場面と殺人の場面の太陽とは敵対関係になったが、海水浴などでは、自然との融和を楽しんだ。第二部の法廷で、検事、弁護士、判事、陪審員といった人たちに受け入れられず、キリスト教社会の異邦人と言うべき存在として扱われる。だが、最終的には、世界を極めて親しいものと感じ、第一部のものよりは上質な幸福に到達した。これに対して、イポリートは、自分を自然と人間たちの宴から疎外された除け者と考えている。イポリートの苦しみが理解できたムイシュキンも、そのような生の宴の外にいると感じる存在であった。このように、ムルソーとムイシュキンは、利益や慣習に無頓着ということで無垢であり、その点では共通しているが、ムルソーが自然との合一に歓喜を感じることができたのに対して、ムイシュキンは、自然と融和することができなかった。ムルソーと違って、苦しむことで白痴同然になった。苦しむ存在と言えば、『地下室の手記』（一八六四年）の主人公が思い起こされる。ムイシュキンは、『地下室の手記』の主人公の苦しむところを受け継いでいる、苦痛を快楽とするところは受け継いではいないけれども。

他方、ジッドは、一九二二年に行った『ヴィユー＝コロンヴィエ座における連続六回講演』の「五回目の講演」と「六回目の講演」で、ムイシュキンはヨハネの福音書が語る「永遠のいのち」を体験すると力説している。ヨハネによる福音書では、イエスを信じれば、「永遠のいのち」を得ることができることが繰り返し説かれているが、ジッドは、癲癇の発作直前の境地ではあるものの、ムイシュキンは、「個人の境界の意識が時間の経過の意識とともに消失する状態」である、時間が止まり世界と一体化した、至福の境地「永遠のいのち」に入ると言うのである。これは、いわゆる「永遠のいのち」ではないが、これらの歓喜をただの歓喜として描くのではなく、福音書に書かれているものに通じるものと感じさせるように描いているところに、ドストエフスキーの宗教的世界を読み取ることができるのである。

また、恋心のために興奮したアグラーヤが周りの者たちは自分がムイシュキンと結婚すると言って苛めるが、自分にはそんな気はないと言ったのに対して、ムイシュキンが自分はアグラーヤに求婚していないし今後もしないので安心してほしいと明言してアグラーヤを大笑いさせたとき、ムイシュキンは歓喜に捕らわれる。さらに、ムイシュキンの誕生会、ムイシュキンがアグラーヤと結婚したいという気持ちを表明して結婚へと話が進み始めた直後の、エパンチン将軍家の内輪の集い、上流階級の人たちにエパンチン将軍家にとって重要な存在となるムイシュキンを紹介するために催された、エパンチン将軍家の夜会でも、彼は歓喜に捕らわれた。その歓喜は、周りの人間たちへの好意によって形成されているが、周りの人々の思いと彼の心は乖離していた。これらの歓喜は、健康な者が自然や人間と融和して感じるようなものではない。その善良な人柄と、癲癇という病気に起因しているかのようである。それは、病的で一方的なものであった。だが、集団の中のこの歓喜には、彼の「地上の楽園」への願いを読み取ることもできるのである。

また、ムイシュキンは、ムルソーと異なって、異様な印象を与える存在でもある。例えば、ガーニャから殴られた後の、「彼は奇妙ななじるような眼差しで、じっとガーニャの眼を見すえた。その唇は震えながら、何か言いだそうとあせっていたが、ただ奇妙なとってつけたような微笑に怪しく歪むばかりだった」（第一編　10）といった記述に、それが感じられる。暗い感情に捕らわれているかと思うと、大笑いしたりする。彼は、不気味な男でもあるのだ。また、モスクワでナスターシャとムイシュキンが一緒に暮らしていた頃のことを、ムイシュキンはアグラーヤに語っているところにも謎がある。ムイシュキンは、ナスターシャについて、「あの女《ひと》はひっきりなしに気でも狂ったみたいに、わたしは自分の罪を認めるわけにはいかない、わたしは世間の人の犠牲だ、放蕩者や悪党どもの犠牲なのだ」（第三編　8）と叫ぶと言う。それでいて、「心の底から自分こそ罪ぶかい人間なのだと思いこんでいる」のに対して、ムイシュキンが「その迷いを追い払ってやろうとしたとき」、ナスターシャはひどく思い悩み苦しんだし、「自分が卑しい女だ」ということをムイシュキンに証明しようとするために、ムイシュキンの所から逃げ出した。また、「自分の周囲に光明を見るようにまで導いてやった」ことに対して、「一段お高くとまって澄ましている」と言ってムイシュキンを激しく非難し、彼の結婚の申し込みを拒否した。ムイシュキンは、癒えそうにない傷を胸に負い、その頃のことを思い出すと、ぞっとすると述べている。しかし、この説明では、充分には二人の関係の実状が理解できない。そこには、ナスターシャだけでなく、ムイシュキンの闇も感じられる。

ロゴージンの家を訪れたとき、ムイシュキンは、二度、手に取った、ロゴージンのナイフを、ロゴージンからもぎ取られるということがあった。また、ムイシュキンが刃物店の店先でナイフを見て値踏みをするという記述も存在する。これは何を意味するのであろうか。ムイシュキンがロゴージンの目を感じてつけ狙われているのではないかと疑い、それでいて、ロゴージンを疑う自分に嫌悪を感じることは丹念に書き込まれているが、ナイフに対するムイシュキンの思いの実体は明示されていない。おそらく、ロゴージンに友情を抱きながらも、ロゴージンに対してそのナイフを使いたいという衝動が彼の内面のどこかに生じたのであろう。また、前述の記述を考慮すると、ムイシュキンにはナスターシャに刃を向けたいという思いが全くなかったとは言い切れない。いずれにしても、ナイフへの眼差しやナイフを手にしたことから、ムイシュキンの内面に何か暗く激しいものがあったのではないかと想像される。ロゴージンに信仰への志向があるように、ムイシュキンも、ロゴージンが持つ凶暴なものと全く無縁というわけではない。

ところで、『異邦人』のアラブ人殺害と『白痴』のナスターシャ殺害に類似性はあるのであろうか。『異邦人』における、ムルソーのアラブ人殺害は、太陽の激しい攻撃に対する反撃と見なすことができるが、母への、疚しさの意識による自己処罰のためにアラブ人を殺害し、死刑により母と一体化しようとしたと読むこともできる。これに対して、『白痴』におけるナスターシャ殺害はロゴージンによってなされるが、ムイシュキンは、ナスターシャを助けたいと思うものの、無力であり、状況を変えるように能動的に行動できなかった。ムイシュキンの存在が、ロゴージンを、ナスターシャへの凶行に向かわしめた側面も存在する。その意味で、ナスターシャの死には、ムイシュキンにも責任があった。しかし、本書の第二章「『白痴』管見——その宗教性を探りつつ」で検討したように、ナスターシャの遺骸の傍らでロゴージンとムイシュキンが聞く音は、ナスターシャの霊によるものであり、「三人での結婚式」を、そこに読むことができる。『白痴』には、『異邦人』には存在しない、死後の世界及び神への眼差しを読み取ることができる。だが、『異邦人』と『白痴』には、殺人が主要な作中人物を結びつけるという側面が存在するのである。

6　ムイシュキン公爵と黙示録

カミュは、最後には自然との合一によって高次の幸福に至るが、正直であるために社会に受け入れられず殺害されるという不条理によってその生を閉じる「現代のキリスト」としてムルソーを描いた。だが、「現在」を生きるムルソーには、その先に存在するものは何もない。

これに対して、ドストエフスキーは、ムイシュキンをキリストのように「完全に美しい人間」として描こうとした。第二章「『白痴』管見――その宗教性を探りつつ」でも述べたように、ムイシュキンは、洞察力と同化力ではキリストと共通していたが、人間に対して能動的で全き「犠牲」を生きたキリストと違って、人間に対して受動的で無力であるため、「犠牲」が不完全なものとなり、「完全に美しい人間」たりえなかった。しかし、ムイシュキンは、孤独で苦しむ存在という点では、十字架上で完全に孤独で苦しむキリストに、ムルソーよりも近い存在であると言うことはできる。

十五年のシベリア流刑を宣告されたロゴージンには、再生の可能性があると解釈することもできるが、ムイシュキンは、白痴同然の状態から回復の見込みがないかのように書かれている。ムルソーが、「現代のキリスト」として雄々しく死に臨むのに対して、ムイシュキンは、暗闇の中を生きて行かなければならない。いわば終身刑である。それにしても、希望はないのであろうか。これについては、レーベジェフが黙示録を読んでいることが思い起こされる。黙示録は、キリスト者に対する迫害が熾烈であった時代に書かれた書物であり、サタンとの激しい戦いの後に、「新しいエルサレム」・「神の全き支配」が到来すること、そこでキリスト者は生きることができることを説いた、キリスト者を勇気づける、慰めの書物である。レーベジェフは、人類が権利ばかりを求めて「地獄」へと向かっていること、「精神的な基盤」・「現在の全人類を拘束するような思想」の不在、鉄道や汽船などの科学文明進展の結果《生命の源》が淵れ濁っているという状況と、黙示録の記述が符合すると見なしているが、黙示録について言及される以上、その主要な思想が『白痴』の世界と無縁ということはないであろう。ムイシュキンの至った状態が悲惨であるだけ一層、前述の宗教的救いについての記述も浮き彫りになり、ムイシュキン公爵が再生するために、サタンとの苦しい戦いの後に、彼の心に、「新しいエルサレム」(二十一章九節以下)が天から下ってきて、キリストが再臨するのが待たれるのである。『白痴』には、そのような願いが潜んでいる。

第四章　カミュとドストエフスキー
――『悪霊』をめぐって――

1　ドストエフスキーの小説『悪霊』の戯曲化

カミュは、一九五三年一〇月、ドストエフスキーの小説『悪霊』（一八七一―七二年）の戯曲化を構想し、一九五九年一月に、カミュの『悪霊』は、アントワーヌ座で上演された。

カミュは、「劇への質問に答えて」（一九五八年）において、「知事と彼の妻が登場するいくつかの挿話は除いて、小説全体が、劇の組立てに再配分されるようにしています」と言っている。確かに、カミュの戯曲『悪霊』は、ドストエフスキーの小説『悪霊』のダイジェスト版のような印象を受ける。ドストエフスキーの小説『悪霊』が長編小説であるのに対して、カミュの戯曲『悪霊』は量的にあまり多くない。実際に、カミュが言うようになっているのであろうか。また、ドストエフスキーの小説『悪霊』が公にされる折、家庭向きの雑誌にはそぐわないという理由で、ドストエフスキーの意に反して、《ロシア報知》の編集長カトコフにより掲載を拒否された「スタヴローギンの告白」が、カミュの戯曲『悪霊』では、ドストエフスキーが置こうと考えていた所に配置されている。カミュは、この「スタヴローギンの告白」を、ドストエフスキーが置こうと予定していた所に、戯曲化して加えたことについて、カミュは、「劇への質問に答えて」で、「したがって、この告白がプロットの心理的な結び目となるようにしています。これに加えて、「『悪霊』創作ノート」（五百ページを越える量の）を利用することにしました」と書いた。

カミュは、ドストエフスキーの小説『悪霊』を戯曲化しようとするとき、自分の作品に書き変えようとはしなかったと言っているのであるが、実際には、どうなったのであろうか。カミュの『悪霊』とドストエフスキーの『悪霊』の関係を探求するために、まず、カミュは、ドストエフスキーの小説『悪霊』を戯曲にするために、どのように作品を組み立てているのか、どのようなところをカットしているのか、書き加えているものはあるのかという問題と取り組むことにする。

2　カミュは『悪霊』をどのように戯曲化したのか

小説『悪霊』の出だしは、自由主義者で西欧派の知識人ステパン・ヴェルホヴェーンスキーの経歴・業績、彼が裕福な未亡人ワルワーラ夫人の息子スタヴローギンの家庭教師を務めたこと、ステパン氏とワルワーラ夫人の関係、ステパン氏の周りに集まる、リプーチンなどの反体制的な若者たちのこと、成人したニコライ・スタヴローギンの良くない噂や不祥事などが詳述されている。戯曲では、それらのことは、ステパン氏の話し相手で悩みの聞き手でもある若い友人グリゴーレイエフの、読者・観衆への語りかけ、ステパン氏とワルワーラ夫人との会話、ステパン氏の周りに集まる反体制的な若者たちとステパン氏との会話で、簡潔に提示されている。「第一部　第五章　賢しき蛇　3」のプラスコーヴィヤ夫人とワルワーラ夫人の言い争いは、戯曲では省略されている。

「第二部　第三章　決闘」で、ガガーノフの息子が、スタヴローギンを侮辱し、四年前の父親への辱めを晴らそうとする。このことについては、小説では、「第一部　第二章　ハリー王子。縁談」の「2」と「3」で、スタヴローギンがガガーノフの鼻を掴んで引きまわし、さらに、別の場所で、彼が知事の耳を咬むということが語り手によって語られるが、戯曲では、一つのシーンで、ガガーノフに対してスタヴローギンが二つの侮辱の行為を行うようになっている。また、スタヴローギンが、パーティでリプーチンの妻を抱き寄せ接吻をする行為は省略されている。小説では、決闘を描く前に、ガガーノフの息子について詳しく説明しているが、戯曲にはそれは存在しない。小説では、決闘が終わると、介添人を務めたキリーロフは、スタヴローギンに「背伸びはおやめなさい。あなたは強者じゃない」（第二部　第三章　決闘　3）と言うが、この言葉は戯曲には存在しない。

小説の末尾の、スタヴローギンによる、ダーリヤへの手紙では、第二部第八章『イワン皇子』の後の章として書かれた「スタヴローギンの告白」が掲載されなかった分、スタヴローギンの性格の説明がしっかりとなされている。戯曲では、手紙はなく、二人の会話となっている。そこで、信ずることができないスタヴローギンに対して、ダーリヤは、「ニコライ、そのような空虚感は信仰よ。そうでないとしても信仰の約束なのよ」（第三部　第二二幕）と言う。これは、ドストエフスキーの小説にはないものである。

「第二部　第四章」から「第三部　第二章」にかけて描かれている、知事夫人ユリヤが主催する、女性家庭教師救済のための文化的・教育的催しである、講演会と舞踏会のための準備、講演会と舞踏会、それに関して、ピョートルがユリヤ夫人を籠絡しレンプケ知事を侮辱しつつ騒ぎを誘導すること、レンプケ知事がユリヤ夫人に蔑ろにされてこの騒動の中狂気へと突き進む様子、講演会で自分の最後の作品として「メルシィ」を朗読するが全く聴衆の共感を得ることができないといった、ツルゲーネフをモデルとしている文豪カルマジーノフについての記述などは、戯曲には存在しない。聖書売りに対する悪戯や聖物冒瀆事件（第二部　第五章　祭の前　1）、グループで予言者の聖人に会いに行ったこと、その途中四百ルーヴリを蕩尽した少年が自殺したのを見に行ったこと（第二部　第五章　祭の前　2）なども、カットされている。

小説では、シュピグーリン工場の職工たちの、知事邸前へのデモ、知事への直訴も詳しく叙述されているが、戯曲では、語り手グリゴーレイエフによってそのようなことがあったことが一言で報告されるだけである。レンプケ知事の発狂についても、同様である。

また、戯曲でも、シャートフのもとに帰って来たマリイの出産は描かれているが、助産婦ヴィルギンスカヤが、出産を喜ぶシャートフを見て、お金は要らないと言う、心温まる場面は、戯曲では省かれている。

母思いなのにピョートルに心酔しシャートフ殺害に加担する小尉補エルケリは、戯曲には登場しない。戯曲では、殺害のためにシャートフを迎えに行く役割は、リャムシンが務めるようになっている。

「第三部　第七章　ステパン氏の最後の放浪」では、ステパン氏は家出をし、街道を歩いて行っているうちに百姓夫婦と会い、その荷馬車に乗せてもらい、その夫婦の住まいに行くこと、その家に近所の人たちなどが集まることになり、若いニヒリストたちの悪戯の被害に会ったことのある聖書売りの女ソフィヤとも会うこと、そして、ソフィヤとそこを出発するが、今度は大きな百姓家に泊まると、ステパン氏は疑似コレラの症状が出て、ソフィヤを相手に夢うつつの状態で自分の人生を大幅に脚色して語り、山上の垂訓、「スタヴローギンの告白」でも朗読されるヨハネの黙示録三章一四―一七節、この小説のエピグラフとなっている、イエスの命令で悪霊が豚に入るという、ルカによる福音書八章三二―三六節をソフィヤから朗読してもらうことなどが描かれているが、戯曲では、ステパン氏の旅立ちの最終的な引き金となる、講演会での彼の講演の失敗とともに、それらはカットされている。小説では、ステパン氏は、旅先で駆けつけたワルワーラ夫人に看取られて他界するが、戯曲では、ステパン氏がワルワーラ夫人のもとに連れ戻されて死ぬことになる様子だけが描かれることになる。新約聖書の朗読については、ルカによる福音書八章三二―三六節だけである。

小説では、ワルワーラ夫人とダーリヤが、スタヴォレーシニキの別荘に行き、屋根裏部屋で首吊り自殺をしたスタヴローギンを目撃するようになっているが、戯曲では、スタヴローギン家での、ステパン氏の死の直後、スタヴローギンの部屋に行き彼が首吊り自殺しているのを目撃したダーリヤが戻ってきて、そのことを告げることになっている。

以上、カミュの戯曲とドストエフスキーの小説の相違を概観したが、カミュの戯曲『悪霊』では、やはりドストエフスキーの作品を大きく書き直して自分の文学作品にすることは行われてはいない。

ところで、『悪霊』は、当初カトコフが考えたように、「スタヴローギンの告白」は排除すべきだったのであろうか。「スタヴローギンの告白」が公表を拒否されなかった場合には、『悪霊』の、その他の部分が幾分異なるものとなったことは考えられるが、ドストエフスキーが当初計画していた箇所に「スタヴローギンの告白」を置いて『悪霊』を読む場合と、「スタヴローギンの告白」を外して『悪霊』を読む場合では、「スタヴローギンの告白」を受け入れて読む場合のほうが、作品に力と深みが感じられる。この点に関する、カミュの判断は適切であったと評することができる。したがって、ここでは、ドストエフスキーの小説『悪霊』を読む場合も、ドストエフスキーが当初希望していたように、「スタヴローギンの告白」を予定の箇所に置いて、『悪霊』を読み、検討することにしたい。

このように、カミュによる、ドストエフスキーの『悪霊』の戯曲化には、この長編小説に忠実に戯曲化しようとする意図が見受けられ、カミュの創作とはなっていない。戯曲は、語り手の叙述と描写ではなく、作中人物の会話によって作品の世界を描くという、ジャンルの持つ性質に沿って、ドストエフスキーの『悪霊』の書き直しが行われている。戯曲というジャンルの要請による改編も所々なされているのである。また、ステパンの最後やスタヴローギンの自殺のように、記述の量を少なくするために、場所の変更を行うこともなされている。しかし、それだけではない。実際は、カミュが言うよりも多くの部分が戯曲化されなかった。多くはないが、ドストエフスキーの小説にはないものも存在する。それでは、そのことで、内容の面で相違が生じているのだろうか。このことについて、クーシキンは、「ドストエフスキイとカミュ」において、「カミュの戯曲ではスタヴローギンの物語が事件の心理的な中心、その「主題」となる」と書いている。だが、ドストエフスキーの『悪霊』においても、スタヴローギンが中心である。「『悪霊』創作ノート」を読むと、途中でスタヴローギンを中心人物にすることが計画されるようになったことが分かる。この構想が小説『悪霊』において実行されたのである。

キリーロフが神を否定し自分が神になろうとする男であるのに対して、シャートフはロシア正教は真正のキリスト教だと考えているが、この二人にそれらの思想を吹き込んだのはスタヴローギンである。物語の展開について見ると、ワルワーラ夫人が、自分が育てた、農奴の娘ダーリヤをステパン氏と結婚させようとすることは、この小説の筋立てを構成する、主要なものの一つであるが、ワルワーラ夫人をそう仕向けたのは、リーザの心を捉えながらも、ダーリヤとも親しくし、リーザをほうっておくスタヴローギンである。また、蔭で画策して講演会と舞踏会を混乱させ、反体制派の若者たちに火事を起こさせ、マリヤとその兄を殺害することにフェージカの目を向けさせ、さらに五人組の者たちを動かしてシャートフを殺害したのはピョートルであるが、そのようにピョートルを仕向けたのは、破壊をした後でスタヴローギンをツァーとして立てようという、スタヴローギンへの彼の崇拝の念である。また、フェージカにマリヤとその兄を殺害させるというのは、ピョートルのシナリオによるものであるが、スタヴローギンは、フェージカに対して殺害を唆すことを行っている。このように、小説の中心はスタヴローギンであり、彼からいろいろなものが波及していっている。

前述したように、削ぎ取られた部分が、スタヴローギンについての直接的な記述ではないため、カミュの戯曲では、スタヴローギンについての記述の、作品全体に対する割合が小説よりもずっと高くなっているので、スタヴローギンが中心であることが分かりやすくはなっている。とりわけ、第二部では、「スタヴローギンの告白」を中心に、スタヴローギンが登場するシーンが連続するように組み立てられている。スタヴローギンという人物をしっかりと描こうという、カミュの意図を読み取ることができる。ただ、そのことで、ドストエフスキーの小説『悪霊』の風刺性や滑稽さが弱まり、悲劇性が前面に出るということになっている。小説の持つ豊饒さが稀薄になったということもある。だが、ドストエフスキーの小説がカミュの戯曲よりも悲劇的でないということはないであろう。滑稽な要素が豊かに存在し風刺の力が働いているからと言って、悲劇性が希薄になるということはないのである。小説では、スタヴローギンは、蔭に隠れるようなところがあるために、カミュの戯曲よりも神秘的で不気味であると言うことができる。

3　カミュのドストエフスキー観

さて、カミュは、どのような考えのもと、ドストエフスキーの小説『悪霊』と取り組んだのであろうか。また、ドストエフスキーの長編小説の中で、どうして『悪霊』を選び戯曲化したのであろうか。

カミュは、「ドストエフスキーのために」（一九五五年）において、「私はまず、ドストエフスキーが人間性について私に明かしてくれるもののために、ドストエフスキーに敬服したのである」と書いている。それは何かというと、ニヒリズムである。「私にとり、ドストエフスキーはまず第一に、ニーチェよりもずっと前に、現代のニヒリズムを見抜き、それを定義し、そのおぞましい結果を予言して、救済の道を指し示そうと試みることができた作家なのだ」と、カミュは言う。そして、「著者のことば」（一九五九年）において、このことを具体的に説明するために、「『悪霊』が予言的な書物であるのは、それが私たちのニヒリズムを予告しているためだけでなく、苦悩に満ちた、あるいは死んだような魂たち、人を愛することができず人を愛することができないことに苦しむ、信じたいのに信ずることができない魂たち、まさに今日私たちの社会と私たちの精神世界に住んでいる魂たちを舞台に登場させているためでもあるのである」と書いている。このように、カミュは、『悪霊』のなかに、現代の問題、現代性を読み取ったのであり、スタヴローギンを初めとした、『悪霊』の人物は、現代に生きる人間と無縁ではなく、現代人と同質の心を持っていると見なしている。カミュのこの言葉は、『悪霊』のスタヴローギンだけでなく、『地下室の手記』の主人公や『カラマーゾフの兄弟』のイワン・カラマーゾフをも指し示しており、ドストエフスキーの文学の本質の一つを適切に指摘している。

カミュは、『シーシュポスの神話』で、「キリーロフ」という章を設けて、キリーロフについて言及するのは、キリーロフが神を否定し人間を肯定するからである。また、「十字架にかけられていた一人が、その強い信仰ゆえに、他の一人に向かって、『おまえはきょう私といっしょに天国へ行くだろう』と言った。一日が終り、二人は死んで、旅路についたが、天国も復活も見出すことができなかった」（第三部　第六章　労多き一夜　２）という、キリーロフの言葉に惹かれるからである。すでに検討したように、カミュは、「キリーロフ」で、「イエスは、この上なく不条理な状態を具現した人物なので、「完全な人間」である」と書いている。

久保田暁一は、『椎名麟三とアルベエル・カミュの文学―その道程と思想の異質点―』の「椎名とカミュのドストエフスキーとの関わり―『悪霊』を中心に―」において、「ぼく誓ってもいいですよ。今度ぼくが来る時には、きみはもう神を信じるようになってるから」という、スタヴローギンの、キリーロフに対する言葉を、椎名麟三は、その戯曲『悪霊』で、「でも賭けてもいいですがね、ぼくがまたお邪魔するときには、君はもうきっと神を信じるようになっていますよ」として使っているのに対して、カミュの戯曲『悪霊』にはこの台詞が存在しないことを指摘し、カミュが神による救いを否定していることの現われとしている。そして、久保田は、「椎名は、「みんながこれでいいと知ったならば、決してそんなことをしないでしょう」と書いているが、それは、「イエス・キリストにおいて知っている」ということが根底にあった。しかしカミュが「われわれにそのことがわかっていれば、そうすればば永遠にわれわれは幸福なのです」と書いた時には、キリストの救いに対する考察を欠落し、カミュはキリーロフの人神思想の持つ不条理性に共鳴しているのである」と書いている。確かに、カミュは、『シーシュポスの神話』の「シーシュポスの神話」において、不条理と幸福は一体であると主張している。だが、「みんながこれでいいと知ったならば、決してそんなことをしないでしょう」と言えるのは、キリーロフが知的にではなく信仰のある魂でキリストを見つめているためである。椎名は、ドストエフスキーの『悪霊』のキリーロフの言葉にはイエス・キリストへの信仰が存在していることを感じ取ったのであったが、カミュは、イエス・キリストを崇拝しても、信仰の対象としなかったので、椎名のようにキリーロフを描くことはしなかったのである。

カミュは、すでに見たように、ドストエフスキーが、「霊魂の不滅」は存在すると主張し、永生を信じようとすることを嘆かわしい、と考えるのである。ドストエフスキーのこの願いを受けた、『カラマーゾフの兄弟』のアリョーシャの信仰を否定している。この小説の最後の部分である、少年イリューシャの葬儀の後、「僕たちはみんな死者の世界から立ちあがり、よみがえって、またお互いにみんなと、イリューシェチカとも会えるって、宗教は言ってますけど、あれは本当ですか？」（第四部　エピローグ　三　イリューシェチカの葬式。石のそばでの演説）という、コーリャの質問に、アリョーシャが、「必ずよみがえりますとも。必ず再会して、それまでのことをみんなお互いに楽しく、嬉しく語り合うんです」と答えることに着目し、「来世とその喜びを確信する」ことは虚偽に生きることだとして、永世、「永遠のいのち」を否定している。一九三八年、「仲間座」は、コポー（一八七九―一九四九年）翻案脚色の『カラマーゾフの兄弟』を上演するが、カミュは、イワンを演じている。が、カミュは、戯曲化するために『悪霊』を選んだ。再び『カラマーゾフの兄弟』と取り組むとしたら、生きた神を信ずることができないイワンだけでなく、信仰心のあるアリョーシャも作中に登場させなければならない。アリョーシャは、ゾシマ長老の死体から腐臭が発するという事態に動揺する。それは、「神は、神の御手はどこにあるのか？　何のために神は《最も必要な瞬間に》（とアリョーシャは思った）御手を隠し、どうして盲目で物言わぬ無慈悲な自然の法則にみずからを従わせる気になったのだろうか？」（第三部　第七編　ア

リョーシャ　二　そんな一瞬に）と説明されている。彼は、ラキーチンに誘われるがまま、「よこしまな魂を見いだそうとして」、グルーシェニカに会いに行くが、ゾシマ長老の死を知った時の彼女の敬虔な態度、アリョーシャの心への思いやり、苦難を知った女の情愛と正直な心によって救われ、修道院に戻って祈り、福音書の朗読を聞きながら眠り、そこでゾシマ長老と再会した後、大地に倒れ大地を抱いた後、「一生変らぬ堅固な闘士」に生まれ変わるという話も、戯曲化するなら無視するわけにはいかない。また、アリョーシャによれば、「苦しみによって自分の内部に別の人間を生みだそう」とする、卑劣で乱暴なこともするが冤罪で逮捕されるという体験によって神に心を向けるようになる、情愛の豊かなドミートリーも、『カラマーゾフの兄弟』を戯曲化しようという気持ちに、当時のカミュをさせなかったのかもしれない。

また、『罪と罰』では、ラスコーリニコフは、「非凡人の思想」を考え出して、高利貸の強欲な老婆と、善良なリザヴェータを殺害することになるが、予審判事ポルフィーリイの配慮に助けられ、信仰者ソーニャの導きにより、自首をして、流刑の地シベリアで、回心と言える体験をした後、更生への道を歩き始める。ジッド（一八六九―一九五一年）が、『ヴィユー＝コロンヴィエ座における連続六回講演』（一九二二年）の「四回目の講演」で、ラスコーリニコフを受け継ぐと評した、『白痴』のムイシュキン公爵は、ラスコーリニコフとは受ける感じは全く異質ではあるが、ラスコーリニコフの回心に注目したら、そこからムイシュキン公爵が生まれるというのは、知的には理解できることである。ラスコーリニコフは、優しい心の持主ではあるものの、思索をする、知的で傲慢な男である。回心をして謙虚な男になったら、ラスコーリニコフとしては存在しえないので、全く感じの異なるムイシュキン公爵になったとは考えられる。ムイシュキン公爵は、「永遠の現在」を体験することができるものの、自然や他者と自分が隔絶しているという孤独感に捕らわれるし、最後は、ナスターシャを救うことができなかったことから精神が狂ってしまうが、イエス・キリストを連想させるところのある、無力ではあっても憐憫の情の豊かな存在であった。カミュは、イエス・キリストへの信仰から発する光が強く射している、『罪と罰』、『白痴』、『カラマーゾフの兄弟』よりも、ニヒリストたちが活躍する『悪霊』を戯曲にしようという気持ちになったと見なすことができる。

ただ、『悪霊』は、ドストエフスキーの長編小説の中でも、ニヒリズムの色の濃い小説であるが、無神論だけの小説で宗教性は存在しないと評するなら、それは適切な批評とは言えないであろう。『悪霊』には闇しか存在しないことはないのである。ステパン氏は、福音書を素晴らしい書物と認めても、批判的に読む人物であった。死を前にした、一見回心とも取れる、ステパン氏の言説は、彼が自分が言ったことを実行しない軽薄な人物であることに加えて、病気のために夢うつつの状態で口にされたものであるということもあって、ステパン氏は回心して死んだと評することは躊躇される。しかし、キリーロフは、木の葉に美しいものを見るところや、全てが素晴らしいのであり自分がいい人間であることを知ったら人は悪いことはしなくなると言うところには、イエス・キリストへの思いが透けて見えてくる。そこには、光が射している。スタヴローギンも、それを感じ取ったので、別れ際に、キリーロフに対して「賭けてもいい、今度ぼくが来るときには、きみはもう神さままで信じていますよ」（第二部　第一章　夜　5）と言ったのである。だが、キリーロフは、「痛みと恐怖に打ちかつものが、みずから神になる」、「恐怖を殺すためだけに自殺する者が、たちまち神になるのです」（第一部　第三章　他人の不始末　8）と言う。彼は、死を恐怖することなく人間が神となるために、最初の一人だけが犠牲になればいいと考え、自殺を実行する。このことについて、ジッドは、『ヴィユー＝コロンヴィエ座における連続六回講演』の「六回目の講演」で、キリーロフの、無神論のための犠牲の死にイエス・キリストの受難への思いを読み取ることができることを力説している。カミュは、このことについては、『シーシュポスの神話』の「キリーロフ」において、「教育的自殺」、「隣人への隣人愛」と言っている。

キリーロフにおいては、自然の美しさや、生きることの素晴らしさを知っていることと、無神論のための自殺という矛盾が、自殺をする前の、醜態とも言える滑稽な躊躇と狂気に現われている。

シャートフは、神をしっかりと信じるところまでには至ってはいないとしても、スタヴローギンの言葉を受け入れて、ロシアこそ神を知る、メシアの国だと考え、ロシアの大地とロシアの民衆に結びついたロシア正教に救いがあるとし、キリストへの信仰に生きようとしていた。また、足が不自由で精神に異常をきたしているマリヤ・レビャートキナは、虚栄心の強いスタヴローギンが自分の妻と分かると恥ずかしいと思うような女ではあるのだが、大地と聖母マリアは一体であるという信仰の持ち主であった。

シャートフは、自分の所からいなくなっていた妻マリイが戻って来て産んだのは自分の子ではないのに、その誕生に狂喜する。このことで、シャートフは、ピョートルによる暗殺計画から身を守るために、頭を使うことができなくなるのであるが、気難しいヴィルギンスカヤを笑わせ、報酬はいらないと言わしめるほどであった。それは心温まる、希望を感じさせる場面である。シャートフは、スタヴローギンと違って、人を愛する力があり、生きる意欲があるのに、ピョートルら社会主義者の若者たちにより無残に殺されてしまう。それは、まさに不条理な死であった。また、マリヤも、惨殺されることになり、その信仰心は実を結ばなかった。

他方、シャートフを殺害することで五人組を結束させること、シャートフ殺害の犯人はキリーロフだと思わせること、革命によって作り上げる帝国のツァーにスタヴローギンをすることといった、ピョートルがやろうとしたことも全て成就しなかった。

ドストエフスキーは、聖書を読み込み、神を否定する方向と神を肯定する方向を追求した、稀有な作家である。シベリア体験により、それは顕著になった。通常は、どちらかに偏るものであるが、そうではないことが、ドストエフスキーの文学を豊かにし偉大にした所以の一つであろう。ジッドは、このことを高く評価して、『ヴィユー＝コロンヴィエ座における連続六回講演』で、ドストエフスキーの、この二面性を丹念に論じている。だが、カミュは、そのように考えることはしない。『悪霊』は、光の部分は作品の表面に出てきておらず、ドストエフスキーの長編小説の中では最も多く負の部分を含み持つ作品なので、カミュは、『悪霊』を戯曲化したと言うことができる。『悪霊』においても、表立っていない所には仄かな光が射しているのであるが、それは無視して、ニヒリズムの探求に徹したのである。

『悪霊』は、革命を志向する若者たちが元同志を殺害する物語である。執筆当時、カミュは、時事問題への発言は辞めていたが、『悪霊』を戯曲化したのは、社会主義・共産主義の実現という大義、植民地問題の解決のためには殺人も是とする主張への反論の意識にもよっているのではないだろうか。

4　『転落』における、ドストエフスキーの影響

『悪霊』に関する、カミュの文学の影響については、クーシキンは、「ドストエフスキイとカミュ」で、「『転落』や『尼僧への鎮魂歌』の脚色にとりくんでいた時期に、かれの創作上の想像力をとらえていたのは、偽りの告白というモチーフだった」と言い、『転落』（一九五六年）には、『悪霊』の「スタヴローギンの告白」の影響

があることを指摘している。『転落』のクラマンスの告白に影響を与えていると言うのである。そして、『転落』と「スタヴローギンの告白」との類似点に注目している。

確かに類似点は存在する。「我々には悪の力も善の力もないのです」（四日目）という、クラマンスの言葉は、スタヴローギンの「私は善悪の別を知りもしないし、感じてもいない男である、たんにその感覚を失ってしまったばかりでなく、善も悪もない男なのだ」という言葉を思い起こさせる。スタヴローギンはチホン主教に告白をしているのに対して、クラマンスは最後に同業者と素姓が分かる男に告白をしている。両者とも読者への直接の告白ではない。また、クラマンスもスタヴローギンも、「幻覚」に悩まされる。その原因は、死へと向かう人間を救おうとしなかったことにある。クラマンスについては、若い女がセーヌ川に身投げしたのを救おうとしなかったことである。スタヴローギンの場合は、言うまでもなく、凌辱した十二歳少女マトリョーシャの自殺を止めなかったということである。彼らは、人を救おうとしなかったが、両者とも自分の行為を忘れてしまう。

クラマンスは、パリで、弁護士として孤児と寡婦を主に担当して輝かしい仕事をする者であったし、私生活においても、非の打ちどころのない、楽園に生きる者であった。彼は、自分をそのように思っていた。創世記三章における、アダムがエデンの園から追放されるという話の暗示が存在するが、アール橋で笑い声を聞いてから、彼の生活に変化が訪れる。自分が素晴らしい存在とは思えなくなるのである。自分が自分しか愛せないエゴイストであり良い人間ではないことと、自分には敵が多いことに気づくのである。そして、昔、セーヌ川から飛び込んだ娘を救わなかったことを思い出す。自分の有罪性を思い、他人から裁かれるのを回避することが、彼の課題となる。それで、彼は、放蕩生活をせざるをえなくなる。そのうち、危機を脱したようなので、女と旅に出るのだが、船上で、大西洋の沖合に黒点が一つあるのが彼の目に入った。すると、クラマンスは、その黒点を、セーヌ川から流れてきた、あの投身自殺をした娘と思うのだった。

スタヴローギンの場合は、『未成年』のヴェルシーロフと同じように、彼が『黄金時代』と呼んでいる、クロード・ロランの絵『アーキスとガラテヤ』を見た後、ヨーロッパの「揺籃の地」で「地上の楽園」である、汚れのない輝かしい世界の夢を見る。ところが、スタヴローギンは、目が覚めると、マトリョーシャが自殺した日のような、彼の部屋の「沈みゆく夕陽の明るい斜めの光線」の中に、「突然何かの小さい点」を見たように思うのだが、その一点から、スタヴローギンを脅そうとするかのように顎をしゃくりあげ小さな拳を振り上げるマトリョーシャが現われ、スタヴローギンを苦しめることになる。彼は、それが出ないようにすることもできるが、その気にならないと言う。スタヴローギンは、放蕩者であるが、放蕩でどうにかなるというものでもない。

この二つの幻覚は、どちらとも彼らに、彼らの有罪性を告げるものなのである。クラマンスもスタヴローギンも、自己の有罪性に対処するために、告白を行うことにする。

クラマンスは、フルネームではジャン＝バチスト・クラマンスで、この命名には洗礼者ヨハネへの仄めかしが存在する。本名でない。『転落』は、『罪と罰』のような多様な小説ではなく、主人公クラマンスの告白からなる物語であるが、アムステルダムのバー「メキシコ・シティー」で他の客に語りかけるという設定には、同情され理解されたいと思って居酒屋でラスコーリニコフに話しかける、『罪と罰』のマルメラードフを思い起こさせるものがある。が、クラマンスの饒舌には、マルメラードフの言説が持つ真摯さは存在しない。その自堕落な生き方にもかかわらず、せっぱつまったところから発せられる、マルメラードフの言説には神への信頼を読み取ることができるが、クラマンスの言葉は軽くて、本心を口にしているのだろうかという思いがしてしまうのである。

しかし、彼は、「時には、本当のことを言う人より嘘をつく人のほうがどんな人間かはっきり見えるということがありますからね」（五日目）と言うのである。

クラマンスは、他人の裁きを回避するために、自分の罪を告白し、悔悛を表わし、そのことで、自分以外の人間たちも有罪であることを思い知らせ、告白をし悔悛するよう迫るという方法を発見する。そのやり方で相手に対して優位に立つことができると言う。彼は、「悔悛した判事」なのである。五日目に、彼と同業者であることが分かる聞き手に、罪の告白、悔悛を迫ることになる。『手帖 3』に、「実存主義。彼らが自分の非を認めるときは、つねに他人を悪く言うためだと確信することができる。悔悛者にして判事なのだ」（一九五四年十二月十四日）という記述が存在する。この言葉が作品化されているとするなら、この語り手のモデルはサルトルらなのか。カミュではないのか。

いずれにせよ、『異邦人』（一九四二年）において、「太陽のせいで」アラブ人を殺すという罪を犯しながらも全く罪の意識に苦しむことのないムルソーが描かれていることを思うと、これは大きな変化である。『カリギュラ』（一九四四年）のローマ皇帝カリギュラは、愛する妹ドリュジラの死に直面すると、月を手にすると言うようになる。彼は、不可能なことを可能にすること、不死を実現することを願い、理不尽なこと、残忍なことを沢山行うが、結局、不条理を生きることの失敗、自分の過ちを認める。『誤解』（一九四四年）では、家出をして二十年後に戻ってきた、自分の息子、兄が誰か分からず、お金を奪うために殺害した後、母は、殺した宿泊客が自分の息子だったことを知り、生きる意欲を失い、息子ジャンと川底で再会するために入水自殺をする。マルタは、自分は母の傍らに留まったのに、母が、全てを捨てて出て行った兄ジャンのもとに行くために、生きていてほしいという願いを無視して死を選んだという、不条理な事態に怒り、呪いの言葉を発する。同じ不条理系列の作品である、この二つの作品では、『異邦人』のムルソーと違って無垢が主張されるということはないが、罪の意識に焦点を当てることはなされていないので、『転落』との間にかなりの距離が存在するのである。どうしてこのような変化が生じたのであろうか。

この問題を探求するためにも、ドストエフスキーの『悪霊』とカミュの『転落』の背景となっていた事象を検討することにしたい。

『悪霊』のシャートフ殺害は、ネチャーエフ事件に材を取っている。「『悪霊』創作ノート」を読むと、ネチャーエフという人物についての言及に何度も出会う。セルゲイ・ネチャーエフ（一八四七—八二年）は、一八六九年モスクワで起きた、過激派青年組織の同志殺害事件であるネチャーエフ事件の主犯である。

ネチャーエフは、無政府主義者バクーニンとも通じていたロシアの青年革命家であった。ネチャーエフが組織する秘密結社五人組のメンバーで、農科大学学生のイワーノフが、ネチャーエフの言うことには嘘があるという理由で秘密結社から離れようとしたため、ネチャーエフは、イワーノフは警察に密告するから殺害しなければならないと、五人組の同志たちを説得し、十一月の夜、ラズモフスキー公園において、イワーノフをピストルで殺害し、死体を公園内の池に遺棄したというものである。このネチャーエフが、ピョートル・ヴェルホヴェーンスキーのモデルなのである。

また、「『悪霊』創作ノート」には、T・N・グラノフスキーについて、「純粋で理想主義的な西欧派のあらゆる美点をそなえた肖像画（T・N・グラノフスキー）」と書かれている。グラノフスキーは、西欧派の学者で、人格においても学識においても尊敬に値する、立派な人物であった。ところが、グラノフスキーをモデルとして造形された、西欧派の学者ステパン氏は、「警鐘を鳴らす」と言うだけで、若者たちとのおしゃべり、トランプ、シャンパンに明け暮れている。最初はワルワーラ夫人の息子のスタヴローギンの家庭教師を務めていたが、彼が家を出てからはただの居候で、この二十年間知識人として研究の成果を上げておらず、夫人を失望させ続けている。愛すべき人物ではあるが、滑稽な人物へと徹底的に戯画化されている。また、「『悪霊』創作ノート」で、四十年代の人グラノフスキーと、彼の息子の世代の対立が構想されているが、実際に、小説『悪霊』では、ステパン氏と、スタヴローギン、革命的秘密結社の若者たちといった、彼の息子ピョートルの世代との対立が描かれている。四十年代と六十年代の対立である。

「ネチャーエフある程度ペトラシェフスキー」という文言が、「『悪霊』創作ノート」には存在する。新しいキリスト教としての空想的社会主義を信奉した若きドストエフスキーに、もう少しで銃殺されるという恐怖を味わわせた後、シベリアでの四年間の徒刑、さらに四年間の軍務に服さなければならないようにしたペトラシェフスキー事件（一八四九年四月逮捕）も、『悪霊』を書く原動力になっているようである。実際、スタヴローギンは、ドストエフスキーがペトラシェフスキーのサークルで出会った、意志力、ヨーロッパについての知識、外見などにおいて傑出していた、地主の息子で反体制的な思想の持ち主のニコライ・スペシネフをモデルにしている。

それでは、カミュの『転落』の場合はどうなのであろうか。まず第一に、カミュが、第二次大戦後、「コンバ」紙で対独協力者を厳しく処罰するよう主張したこと、さらには、対独協力者の処罰には寛容であるべきとするフランソワ・モーリヤック（一八八五―一九七〇年）との間で行われた論争の影響があると思われる。後に、カミュは、対独協力者には厳罰を科すべきであると論じたのは間違っていたことを認めるに至るのであった。カミュは、間接的に対独協力者を死に追いやったことを自覚し、自分の有罪性を認めた。その時、罪の意識が彼の心に生じたと見なすことができる。

『反抗的人間』（一九五一年）で、カミュが政治的な殺人を否定したことに関して、フランシス・ジャンソン

（一九二二―二〇〇九年）が雑誌「現代」（一九五二年五月号）でカミュを批判したという事態を受け、カミュは「《現代》の編集長への手紙」（「現代」一九五二年八月号）で、「現代」の編集長サルトル（一九〇五―八〇年）に対して反論を試み、同じ号で、サルトルとジャンソンがこれに対して、カミュ批判を行っている。カミュは、対独協力者を厳しく処罰すべきと主張したことで間接的に殺人を犯してしまったという反省から、スターリンら共産主義国の独裁者による、反対派に対する粛清・処刑を批判し、大義によるものであれ、政治的殺人は許されるものではないとし、それを容認する、知識人、マルクス主義者・共産主義者の姿勢をも批判したのだった。ジャンソンとサルトルからの批判は、カミュの言説は、現実的問題に対処するのに、それを扱うには有効性のない思索によっているというものであった。革命により血を流すことを否定すれば、現状維持となり進歩はないと批判し、反抗という、カミュの方法を無効と見なしている。カミュにとっては、彼らは、マルキシズムを美化し、それを実現化するに際して起こっている醜く恐ろしい出来事に目をつむっているように思えたし、彼らの発言は、自分は安全なところに身を置いた、無責任なものであった。

対独協力者を厳しく処罰するよう主張したことで間接的に殺人を犯したことになるのではないかという意識から自己の有罪性を自覚したことと、ジャンソンやサルトルから手厳しい批判を受けた体験、『転落』はこの二つの事象を背景として持っていると見なすことができる。クラマンスのモデルは、一九五四年十二月十四日の、『手帖』の記述から、サルトルらと見なすことができるが、クラマンスはカミュでもあるのである。

クラマンスの告白と「スタヴローギンの告白」は、告白でありながらも、人から裁かれるのを嫌っていること、信仰から逸脱していること、自己正当化の行為であることで共通しているが、告白の内実に相違が存在する。

クラマンスは、自分の有罪性を主張することによって、自分以外の人間たちも有罪であることを思い知らせ、罪の告白、悔悛を迫る。

スタヴローギンは、「スタヴローギンより」を携えて、チホン主教を訪れる。チホン主教に、告白の書「スタヴローギンより」を読んでもらうためである。「スタヴローギンの告白」では、『罪と罰』のスヴィドリガイロフの少女凌辱を徹底的に追求している。自分の判断だけを基準として、自分の思うがままに生きようとしてきたスタヴローギンがマトリョーシャを辱め死に至らしめた後、マトリョーシャの幻影を見るようになったことで感じる苦しみから脱却することが、スタヴローギンにとり課題となっている。彼に全面的に非があることで起こった決闘で一人を殺し一人を身体障害者にしても、貧しい人から生活費を盗んでも、年長者の鼻を摑んで引きまわしたり耳を咬んだりしても、夫のいる前でその妻を抱き寄せ接吻をしても、心に傷みを感じなかったのに、マトリョーシャを死に追いやってからは、スタヴローギンは幻覚に苦しむことになったのである。告白によって、自分を救いたいと考えている。

しかし、彼は、人に自分がどのように見えるかを気にかける男で、恥の意識の強い男である。また、自分が主人公という意識の強い男でもある。したがって、マトリョーシャの幻影が現われないようにしようと思えばできるのだが、そうしないだけだと言ったりもする。その傲慢な心から告白に誇張が生じ、自分の告白を聞く者に対して謙虚になることができない。それで、チホン主教から、「罪を認めることを恥じられなかったあなたが、なぜ悔恨を恥じられるのです?」と言われることになる。また、少女マトリョーシャ凌辱という行為に醜いもの、滑稽なものがあることをチホン主教から見抜かれると、逆上することにもなる。虚栄心の強いスタヴローギンは、憎悪には耐えられても、嘲笑には耐えられないのである。告白に誇張があり、告白を聞く者に対して挑戦的であると、チホン主教は言う。スタヴローギンは、マトリョーシャの幻影が現われないようにするために、自分の罪を告白するという苦行で自分で自分の罪を赦したいのだが、それは、スタヴローギンの手に余ることである。彼は、マトリョーシャを凌辱した後、それを彼女がしゃべったのではないかと思うと、過度の恐怖に捕らわれるような男である。それで、告白において事実を誇張して、ずれを生じさせて、告白を聞く者の批判が実態とずれるようにして、自分を守ろうとする。このようなスタヴローギンにとって、告白は極めて困難なことである。『カラマーゾフの兄弟』の、ゾシマがその罪の告白を聞いたミハイルは、告白によって、家族を傷つけることを怖れつつも、人間と神に自分の罪を告白して、魂の救いを得ようとしたが、スタヴローギンの場合は、彼の思い入れの激しさに信仰に通じるものをチホン主教は感じるものの、所詮自分と世間との対決なのである。彼によれば、屈辱的なことは快感となるはずであるが、告白の場合は、そういうことにはなりそうにない。このことから、スタヴローギンには、自分の罪の行為を公にして、自分で自分を赦すことは不可能なのである。告白の公開を望まず公開に関して恐ろしいことが起こるのを防ぎたいチホン主教は、無駄だと分かっていても、世捨人の苦行者である長老の指導のもとで修行をするよう勧めるが、他者に対して謙ることのできないスタヴローギンにできることではなかった。

「スタヴローギンの告白」の後のことであるが、残っているのは、リーザとの関係だけである。そこに活路を見出そうとする。スタヴローギンは、人を愛することができないのだから、前もって失敗することは分かっていた。それでも、あえて一夜をともに過ごすことを試みる。そして、やはり希望がないことを確認すると、生きることは意味がないということで、自殺をする。

このように、スタヴローギンは、自分が他者にどのように見えるかということを気にかけるが、他者に興味を抱くことはなかった。クラマンスも他人には興味はないが、自分のやり方を遂行するために、スタヴローギンよりも他人が必要である。クラマンスは、他者への要求があるということで、スタヴローギンとは異なっている。

さて、クラマンスとスタヴローギンの犯罪性には、同質なものがあるのであろうか。

『転落』には、イエスについての批評が存在する。イエスは、誕生した直後、彼のせいで、ヘロデ王の命令によってユダヤ人の幼児たちが惨殺されたために、全く無罪ということにはならない、イエスもそのことを意識していた、とクラマンスは主張する。また、イエスは十字架上で嘆きと苦悶の言葉を発したと言うし、キリスト教徒が裁き断罪し合うがままにし、永遠に去って行ってしまったとも言う。三度イエスを裏切ったペテロを教会の礎としたことは皮肉なことであるとも述べている。これは、教会が説くものから逸脱しているということとともに、クラマンスはイエスを自分と同列に置いて、「悔悛した判事」という、自分の生き方に支えを見出そうとしている。

このように、クラマンスについては、その名前だけでなく、その言説も、キリスト教を下敷きにした、皮肉なものである。全ての人間は有罪であるというのは、カミュの体験によるものであるとはいえ、キリスト教が説くものでもあるが、クラマンスはキリストの教え・生涯に真摯に向き合ってはいない。クラマンスにおいては、いわゆる犯罪と言えるものは、バー「メキシコ・シティー」の主人から盗品である『清廉潔白な判事たち』を預かっていることくらいである。セーヌ川から投身自殺をした娘を救わなかったことも、トリポリで瀕死の仲間の水を飲んでしまったことも、犯罪と呼べるほどのものではない。クラマンスは、ギロチンで首を切られることについて語るが、それに値するような罪は犯していない。

逆に、スタヴローギンは犯罪性の高い男である。スタヴローギンは、決闘においては、自分の手で一人は殺害し一人は障害者にしたが、他の犯罪では、彼が手を下したわけではない。それでも、直接的ではないにしても、全て彼のせいで起こったことであった。マトリョーシャの自殺については、自殺をすることを予想したのに止めなかっただけでなく、自殺をしたいという気持ちにさせたのはスタヴローギンである。妻のマリヤとその兄レビャートキン大尉は、彼が直接的に殺したのではなく、フェージカが手を下したのであるが、ピョートルがフェージカにおまえはスタヴローギンの役に立てるかもしれないと言った後で、スタヴローギンはレビャートキン大尉とマリヤに苦しめられているようだと思われているなか、お金を欲しがっているフェージカの前に金をばらまいたら、殺人を依頼したと思われることになってしまう。そこには、殺人教唆が存在する。また、マリヤの死を知って逆上し、半狂乱で彼女が殺された現場に向かおうとするリーザをピョートルに任せておいたら、彼女に悲劇的なことが起こることは予想された。第一、リーザを半狂乱にした要因はスタヴローギンにあった。このように、これらの犯罪の原因は、まさに彼にあるのである。

他方、クラマンスは、スタヴローギンのように悪辣ではない。その語り口は軽く、深刻な感じはしない。しかし、だからと言って、生きる道が開けているわけではない。「スタヴローギンの告白」において、自分の罪を認めても、悔悟として機能することが困難であるように、クラマンスの告白は、どこまでが本気なのかが分からず、表面的には悔悛であるが、実質的には悔悛になっていない。相手に罪があることを自覚させ、罪の告白をさせ、悔悛をさせるためのものである。したがって、贖罪になっていない。福音書が説くことを信じていないし、他の何かを信じるということもないので、罪があることを人に認識させて、優位に立つだけである。

スタヴローギンは、生きる道が見つからず、自殺によって自分の生を抹殺するが、クラマンスは自殺はしない。『シーシュポスの神話』の「不条理の壁」で、カミュは、不条理を、「理性では割り切れないこの世界と、人間の最も奥深いところでその叫びが鳴り響いている、明断に対する無我夢中のあの願望との対決のことなのだ」と説明しているが、自殺をすることで三項の均衡関係が壊れるので自殺は許されないとも言っている。『転落』でも、自殺は否定されている。クラマンスは、スタヴローギンのように信じることも愛することもできない人間であるが、スタヴローギンと違って、自殺することはなく、「悔悛した判事」として生き続けなければならない。

5　クラマンスとスタヴローギン

カミュは、ドストエフスキーの『悪霊』の内に、不条理に通じる、愛したくても愛せないし信じたくても信じることができないという、ニヒリズムに陥った人間たちを読み取り、戯曲『悪霊』を書いた。そのことで、ドストエフスキーの文学の持つ、滑稽味、神秘性、複雑性、宗教性は十分には受け入れなかったが、ニヒリズムを明確にした。カミュは、自己批判をしてから人を攻撃するという、サルトルら実存主義者のやり方に気づき、「スタヴローギンの告白」から学んだものを、『転落』の内に造形しようとした。前述したように、戦後の二つの体験を原動力として、『異邦人』にない境地を切り開いている。スタヴローギンが、神のことを考えはするが、神を信じることができないし、キリストを受け入れることができないのと同じように、クラマンスの言説には、キリスト教に関する、いくつもの事象で組み立てられているが、神への信仰もキリストへの信頼も存在しない。だが、スタヴローギンと違って、彼の犯罪性は奇薄である。夜セーヌ川に投身自殺した者を一人で救うことは不可能なことであるし、トリポリで瀕死の者の水を飲んだとしても、刑事的な罪に問われることはない。盗品である

『清廉潔白な判事たち』をバー「メキシコ・シティー」の主人ゴリラから預かったことは刑事的な罪に問われるようなことであるが、これで首を切られることはない。ということは、クラマンスにおいて必要なものは魂の救いであり、それが存在しないことが問題なのである。クラマンスには、スタヴローギンと同様に、愛するものも信じるものもない。そこに、彼の苦悩が存在する。『異邦人』に読み取ることができる、不条理に対する信念も、『結婚』（一九三九年）に認められる、自然との合一による幸福も、『ペスト』（一九四七年）における、正義のための連帯も、そこには存在しない。『シーシュポスの神話』の「シーシュポスの神話」では、カミュは、岩を山頂まで押し上げ、そこから転げ落ちた岩をまた山頂に押し上げるという、不条理な営みに幸福を見いだすシーシュポスを描出した。クラマンスが辿り着いたところは、不条理の探求の一つの到達点であろうが、ニヒリズムのせいで、そこには、そのような幸福感は感じられない。より一層厳しい状況が描き出されている。だが、それまでのカミュの作品とは異なっているものの、カミュ独自の文学作品となっている。

第五章　『未成年』の世界
――『地下室の手記』と『カラマーゾフの兄弟』の狭間で――

1　『未成年』の分かり難さ

ドストエフスキーは、四年間ほどの外国滞在後に、『未成年』（一八七五年）を書き上げる。この小説は、農奴解放（一八六一年）後、価値観が崩壊し、新しい価値を見出せず、無秩序と混沌の状態に陥った、一八七〇年代のロシア社会に生きる者たちを描いたものであるが、ドストエフスキーの他の長編小説、『罪と罰』（一八六六年）、『白痴』（一八六八年）、『悪霊』（一八七一―七二年）、『カラマーゾフの兄弟』（一八七九―八〇年）と比べると、評価が低く、論文や研究書の数も圧倒的に少ない。その要因の一つと思われるのであるが、『未成年』は一読しただけでは、どのような作品なのか捉えきれないということがある。どうしてなのであろうか。

それは、この作品が、三人称の語りでも全知の語り手による語りでもなく、若者アルカージイの手記という形を取っており、彼に見えるもの、彼が興味を抱くことが語られていくためだと見なすことができる。彼は、他者について、人から聞いたことを紹介するとともに、会って話をすることで分かったことを記述していく。感情のおもむくままに動く未熟な青年が、自分を含めて、無秩序と混沌の社会に生きる人間たちを描いていくのである。彼のそのような性格は、書くという行為にもそのまま反映することとなる。

アルカージイは、この手記を、カテリーナ・ニコラーエヴナと出会う、前年の九月一九日から書き始めることにするが、様々な出来事に翻弄されて、何が起こったのかよく分からなかったので、書くことで、それらの出来事の実体、自分を含めてそれに関わった人々、特に父親ヴェルシーロフを理解しようとした。アルカージイが、出来事を現在のこととして語ったり、過去のことを思い出すように語ったりしており、中心的な出来事だけでなく、それとは直接には関係のない事柄も記されているし、現在との時間の距離の異なる遠い過去のこともいくつも記述している。このように、内容だけでなく形式においても、錯綜し秩序立っていないことに分かり難さの要因があると言うことができる。

前記のような分かり難さは、この作品の弱点なのであろうか。『未成年』の優れた点や魅力は、どこにあるのであろうか。また、『未成年』よりも前に書かれた作品のうちで、どの作品が『未成年』に最も関連があるのか。『未成年』には、『カラマーゾフの兄弟』につながるものはあるのか。あるのなら、どのようなものなのであろうか。

2 「偶然の家庭」の作品

上述の難解さは、この作品の欠点なのであろうか。この問題を検討するために、作品中に提示されている、この作品についての否定的な記述に注目したい。それは、この小説の末尾に置かれている、モスクワでアルカージイの親代わりを務めてくれた人物であるニコライ・セミョーノヴィチの手紙である。アルカージイの手記を読んだニコライ・セミョーノヴィチの主張は、『白痴』における、エヴゲーニイ・パーヴロヴィチ・ラドムスキーの、ムイシュキン公爵に対する批判的な言説のように、作品を複眼で見るよう促すものである。

ニコライ・セミョーノヴィチは、アルカージイを「偶然の家庭」の一員と断じて、「アルカージイ・マカーロヴィチ、ここで、わたしはあなたに言ってもらいたいのです、この家庭は――偶然の現象である、と。そうしたらわたしの心はどれほど救われることか。ところが、その反対で、すでに多くのこのような、まぎれもない名門のロシアの家庭が、抗しきれぬ流れに押されてぞくぞくと偶然の家庭に転化し、ともどもに全般的な無秩序と混沌の中に巻きこまれていく、という結論のほうがむしろ正しいのではないでしょうか」（第三部　第十三章エピローグ　3）と言う。彼は、ロシアでは、昔は、美しい生き方ができる貴族から、生きる上で重要なものを受け継いでいたが、今は、それがなされなくなって、家族は血のつながりでしかなくなっていると言うのである。ニコライ・セミョーノヴィチによれば、秩序に価値があるのだから、現代ロシア小説家が書く小説は、無秩序と混沌の現代社会に生きる人間を題材にした現代小説ではなく、美しい価値、秩序を体現していた、昔の貴族を描く歴史小説でなければならない。例えば、それは、ドストエフスキーが『未成年』を書こうという気持ちにさせられたものの一つと思われる、トルストイ（一八二八―一九一〇年）の『戦争と平和』（一八六九年）である。

確かに、アルカージイは、子どもの頃、父親ヴェルシーロフから生きる上で必要なことを教えてもらえなかった。したがって、自力で理想を考え出しても、アルカージイは、ペテルブルグにやって来て、ヴェルシーロフに、「ぼくは、自分がなにをしたらいいのか、どんなふうに生きたらいいのか、それを知りたいんですよ」（第二部　第一章　4）と、尋ねざるをえない。ヴェルシーロフは、いろいろなことを言うが、アルカージイが納得するようなことを話すことができない。それで、後に、アルカージイは、「ぼくは――みじめな未成年者で、なにが悪で、なにが善なのか、ときどき自分でもわからないのです。あのときあなたがちょっぴりでも道を示してくれたら、ぼくはそれをさとって、すぐに正しい道にとびこんだことでしょう」（第二部　第五章　2）と、ヴェルシーロフに不満をぶつけている。

ニコライ・セミョーノヴィチによれば、アルカージイの手記は、現代ロシアの無秩序と混沌を描いているので、作品としての価値はないが、未来の作家が、過ぎ去った、無秩序と混沌の時代を描くための資料としての価値だけはあるということになる。果たして、そうであろうか。ドストエフスキー自身、『作家の日記』で、『未成年』の主人公について「これらすべては、社会の流産した胎児であり、『偶然の』家族の『偶然の』一員なのである」（一八七六年一月）と書いているが、ニコライ・セミョーノヴィチと全く同意見というわけではない。ドストエフスキーは、彼と違って問題を克服しようとした。自分が何者か分からず混乱のただ中にいる未熟な若者に、無秩序と混沌の社会の出来事とその住人を描かせるという、ドストエフスキーの試みが無意味なこととは考え難い。無秩序と混沌の社会を、混乱と錯綜に身を任せて生きる若者に描かせるという、困難な試みにこの作品の特徴があるとしたら、そこに意味が存在しているのかもしれない。

3　『地下室の手記』から『未成年』へ

「偶然の家庭」と言えば、『地下室の手記』の主人公も、親から社会生活を営む上で必要不可欠なものを受け継いでいない。『未成年』以前の作品の中で、『未成年』を構成する要素を最も多く含み持つ、ドストエフスキーの作品はどの作品なのかという問いに答えるとしたら、それは、おそらく『地下室の手記』（一八六四年）ということになるであろう。『未成年』では、『悪霊』と同様に、ロシア社会の変革を考える人たちを描いているが、デルガチョフを指導者とする革命党の活動は、『未成年』の主要な要素とはなっていない。

『地下室の手記』の主人公は、前年に遠い親戚から遺産が入ったので、役所勤めを辞めてしまった、四十歳の中年男である。何者にもなれない、虫けらにさえなれないと言う。彼によれば、愚鈍な人間は活動的であるが、彼のように、自意識が豊かな賢い人間は無気力で何もできないのである。彼は「二二が四」、自然法則、石の壁に対して反抗する。自意識故に、屈辱感で苦しむが、それも快楽だと言う。チェルヌイシェフスキー（一八二八—八九年）の小説『何をなすべきか』（一八六三年）に反論して、人間は必ずしも利益を求めて行動するわけではなく、自分にとり不利益になることを望むこともあると断言する。人間は自分にとり不利益なこともやりたいという欲求を持ち、それを実行する存在なのである。幸福が保証されている水晶宮を拒む理由について、「ひょっとするとぼくは、この建物が水晶でできていて、永遠に崩れ去ることがなく、内証で舌も出せないような代物であるからこそ、それを恐れているのかもしれない」（Ⅰ　地下室　10）と言う。彼にとっては、物質的な幸福よりも自由のほうが大切なのである。

Ⅱの「ぼた雪にちなんで」では、彼は、思い出しては苛まれる、「自分にさえ打ちあけるのを恐れるようなこと」（Ⅰ　地下室　11）、二十四歳の時の体験を物語る。彼は、学校時代の友人の送別の晩餐会で醜態を演じた後、娼婦リーザと出会うと、彼女に惹かれ救いたいと思い、意地悪な意識を抱きつつも、醜悪な生活から脱すべきだということを教え諭すが、自分の言うことに責任を持つことができない。彼は、助けを求めて自宅にやって来たリーザの気持ちに応えることができずに、「ぼくはならしてもらえないんだよ……ぼくにはなれないんだよ……善良な人間には！」（Ⅱ　ぼた雪にちなんで　9）と言うのだった。彼は、生きた生活と絶縁している。普通の社会生活を営むことができない男である。善いことを考えることもあるのだが、それを現実のものにすることができない。十九世紀前半のロシア社会には、生きる意味が見出せず無気力に生きる「余計者」と呼ばれる人たちが存在していたが、彼も「余計者」に属していると言うこともできる。

善いことを考えることもあるが、それを実行に移すことができないという、『地下室の手記』の主人公の一側面を、『未成年』の、アンドレーエフ、トリシャートフ、セルゲイ・ペトローヴィチ公爵、ヴェルシーロフが受け継ぐのである。

4　善良な人間になりたくてもなれない人たち

『未成年』には、ロシアは二流国であるという自説のために絶望して自殺をする若者クラフト、生活苦のために自殺をする自尊心の強い娘オーリャ、全く良心がないように思われる悪辣な男たち、ラムベルトやステベリコフも登場するが、『地下室の手記』の主人公のように、善い生活をしたいと思うこともあるが、それを実現することができない人間も描かれている。それは、中心をなすものではないとしても、この小説の重要な要素の一つとなっている。

ラムベルトに使われている、のっぽのアンドレーエフと美男子のトリシャートフは、自堕落な生活をしている。だが、彼らは、ラムベルトは馬鹿にしているが、アルカージイには好意的で、ラムベルトの魔の手から彼を救おうとする。アルカージイは善良な男だと見抜いたからである。ラムベルトがアルカージイを盛りつぶして、金を騙し取ろうとしていることを知っているので、彼に飲まないよう言うのだった。そこには、微かではあるが、闇の中に光が射している。

妹の持参金、家の財産を全部飲んでしまい、そのことで苦しんでおり、自暴自棄になって手も顔も洗わないし、善と悪に差異を認めないと言う、だらしないアンドレーエフが、時々、一人きりのとき、大きな体をよじって号泣することを、トリシャートフは知っている。彼は、このアンドレーエフが大好きで、救ってやりたいと思っている。が、トリシャートフも自制心がない。ディケンズ（一八一二―七〇年）の小説『骨董店』（一八四〇―四一年）を姉と読んだ時のことについて、「ぼくはよく姉といっしょにテラスで、菩提樹の老木の下陰に腰かけて、この本を読んだものです、そしてやはり夕陽が沈みかけると、ぼくたちは読むのをやめて、互いに言いあったものです、ぼくたちも負けないようなよい人間になろう、心の美しい人間になろうと」（第三部第五章　3）と、アルカージイに話すが、それを実行することができない。トリシャートフは、ラムベルトがアルカージイを裏切ろうと企んでいるので、用心するようアルカージイに言いに来たとき、アルカージイが勧めても座らないし、握手もしない。アルカージイのような善い人間になることはできないと思っているからである。アンドレーエフもトリシャートフも、善い生活をしたいと思っても、それができない人間である。アンドレーエフは自殺しトリシャートフは行方不明になるが、アルカージイは、そのような二人の苦しみを理解して、彼らに友情を抱いていた。

セルゲイ・ペトローヴィチ公爵は、貴族であることを誇りに思っているが、貴族らしく生きることができない、無教育で意志薄弱な男である。一六、七歳で美貌の持ち主ではあるが心も体も病んでいた、カテリーナ・ニコラーエヴナの継娘リーディヤとの間に女の子が生まれたが、その子への思いは存在しないかのようである。

セルゲイ・ペトローヴィチ公爵は、自分の住まいをよく訪れた、ステパーノフという少尉に、連隊長とその娘についての、三分の二は嘘の、名誉を傷つける話をしたのだが、公爵の従卒がそれを流布させてしまうということがあった。その従卒のお蔭で、ステパーノフは、全士官たちの面前でその中傷の話をせざるをえなくなった。ところが、公爵は、ステパーノフは偽りの陳述をしたと述べて、彼を陥れるのだった。それでも、後に、公爵は、ステパーノフの名誉を回復するために自分の虚偽を全て連隊長と全士官に手紙で告白することと自殺を考えるようになる。だが、その頃親しくなった、アルカージイの妹リーザにこの秘密を話すと、リーザは、それは公にしないよう彼にアドバイスする。それで、彼はそれを受け入れ、田舎のささやかな屋敷で耕作に従事するという堅実な生活をしようと、リーザと話し合うようになる。しかし、それを実行することができない。さらに、リーザを裏切って、愛していないにもかかわらず、虚栄心から父親は同じでも母親が身分の高いアンナ・アンドレーエヴナに求婚しようとする。また、彼は、ステベリコフのために偽造紙幣事件に関係した男に向けて紹介状を書いたことで株券偽造に関わったという理由で、お金を強請られたので、お金が必要になるのだが、遺産の残りでは足りなかった。それで、アルカージイは、公爵に必要な金を得るために賭博場に行く。ところが、公爵は、アルカージイが賭博場で泥棒の濡れ衣を着せられて窮地に立ったとき、弁護しようとせず、彼を見捨てる。これに加えて、リーザから預かった、革命党の一員でリーザに好意を抱くワーシンの書類を当局に渡すというようなこともする。結局、彼は、株券偽造に関わったことを自ら公にする。逮捕されることとなり、脳炎を起こし、死去する。彼も、自分の不甲斐なさに苦しんだのである。このように、セルゲイ・ペトローヴィチ公爵は、意に反して高貴な人間になれなかった。

ヴェルシーロフも、善いものを持ってはいるが、それを現実の生活で活かすことができない。彼は知識人である。農奴解放主義者だったと言うが、それでいて、貴族として死ぬことを望んでいる。「貴族の憂愁《トスカ》」に捕られ、亡命するためロシアを出たヴェルシーロフは、『悪霊』のスタヴローギンと同様に、ドレスデンの美術館で、彼が『黄金時代』と呼んでいる、クロード・ローランの絵を見た後、その絵の世界が夢に現われる。それは「人類の地上の楽園」だった。ヨーロッパの遠い昔の素晴らしい幸福な世界である。この夢想の「実現のために人々はその生涯と力のすべて」を捧げてきたのだった。が、現実では、ヨーロッパの栄光が消え失せようとしていた。そんな中、彼はロシア人かつヨーロッパ人として生きようとした。

彼は、その幻想で、戦いの後に、あたかも「人類の最後の日」のようで、人々は完全に一人ぼっちになり、深い孤独感に捕らわれるが、「互いに互いのためにはたらきあい、そして各人が万人に自分のすべて」を与えることを幸福と思うようになり、「不滅の偉大な理想」は消えても、「わたしが死んでも、彼らがのこる。そして彼らのあとには彼らの子供たちがのこる」という考えが「あの世でのめぐりあいという思想」に代わる。死後の世界は否定して現世の営みに希望を託すのであった。ところが、この幻想の最後には、「キリストが彼らのまえにあらわれ、両手をさしのべて、『どうしておまえたちは神を忘れることができたのだ?』と言うのだよ。するとすべての目からおおいがとれたようになって、はっと迷いからさめて、最後の新しい復活の偉大な感激の讃歌が高らかにひびきわたる……」(第三部　第七章　3)と言う。終末的な状況からの再生という幻想は、神を信じることができない者の苦しみから生み出されたものである。

この幻想は、『罪と罰』のラスコーリニコフのシベリアでの夢や、『カラマーゾフの兄弟』のゾシマ長老の死の直前の法話と、人類の未来を語るものであるという点で同質のものである。だが、ラスコーリニコフの夢は、新しい旋毛虫のような微生物に取りつかれた人間たちが自分の考えが絶対に正しいと信じ込むことで争いが起こり、選ばれた少数の者たちを除いて滅亡するという、神を信じない者たちの運命を否定的に指し示すものであり、ゾシマ長老の話は、公正な秩序を目指しても、キリストを斥けるなら、人類は争いで滅びるというものであったのに対して、ヴェルシーロフの場合は、神への信仰のないところにも救いが存在するというものである。が、それでいて、キリストへの思いを捨てきれないのであった。

ヴェルシーロフの思想は、その放浪生活から生み出された、彼独自のものである。しかし、思想家としての成果が彼の現実の生活に反映しないということがあった。彼が、土地調停裁判所の調停員、民間訴訟事件の代理人といった仕事に携わったのは短期間であり、本を書くことも教壇に立って教育をすることもない。この点では、『悪霊』のステパン氏の生き方に通じるものがある。アルカージイがペテルブルグに呼ばれてやって来たとき、ヴェルシーロフ家はひどく貧しい状態にあった。働くのは彼ではなく母と妹で、アルカージイは貯めたお金を母に渡すことにしたほどである。ヴェルシーロフは、三つの財産を失っていたし、裁判で勝って自分のものとなった遺産も、自分に不利になる手紙をセルゲイ・ペトローヴィチ公爵に渡して放棄する。また、アルカージイだけでなく、死んだ妻との間に生まれた二人の子どもも人任せで、父親の責任を果たそうとしない。他方、ヴェルシーロフは、昔マカールからソフィアを奪った際、マカールがお金に抜け目がない態度を取ったとアルカージイに話しているが、それは、ヴェルシーロフがソフィアのために経済的な面での配慮ができないことをマカールが見抜いて、ソフィアが将来一人でも生きていけるようお金を遺そうとしたためであった。

ヴェルシーロフは、「わたしは、ご存じかどうか、神経的な発作や……その他いろんな障害に悩まされています、それで治療もうけているのですが、そうしたわけで、たまたま病的な状態におちいったりすると……」（第二部　第八章　4）と言うように、自分で自分を制御できないようになることがある。ヴェルシーロフは、アルカージイからカテリーナ・ニコラーエヴナと「あいびき」をしたことを聞いた直後、物乞いをしてきた自称退役中尉に対し、警察沙汰にしようとするほど激しく怒るが、急に機嫌が良くなって、その男にお金を渡すということがあった。彼のこのような性格は、この作品の中心的な出来事でも露わになるのである。彼は、ヨーロッパを旅するうちに、観念的な愛ではなく具体的に人を愛することが大切であるという考えに捕らわれると、ソフィアの「こけた頰」が思い出されて、ソフィアを呼び寄せる。だが、カテリーナ・ニコラーエヴナと出会うと、彼女に呪縛され、そこに宿命を感じ、ケーニヒスベルクまで来たソフィアを、そこで待たせることにした。ところが、カテリーナ・ニコラーエヴナとの関係が破綻すると、彼女の継娘リーディヤと結婚することにし、その許可をソフィアに求めに行き、許可を得る。

　また、マカールが亡くなった後、ヴェルシーロフに贈られることになっていた、マカールの聖像をたたき割る。アルカージイが、「おお、わたしの考えがさっきから突きあたっていたのは、あれが比喩だったということだ、彼はあの聖像をたたき割ったと同じように、ぜひともなにかをたち切りたかったのだ、そしてそれをわたしたちに、母に、みんなに見せたかったのだ」（第三部　第十章　2）と言うように、ヴェルシーロフは、その行為により、マカール・イワーノヴィチとの、彼が死んだらソフィアと結婚するという約束を実行できないことを予告したかのようである。実際、ヴェルシーロフは、カテリーナ・ニコラーエヴナに手紙で結婚の申し込みをした。彼がその手紙で自分の住居で会ってほしいと頼むと、彼女は、それに応じるが、一緒に生きていくことはできないことを明確にする。その時は何もなかったが、その後、巨額の金を浪費させないため父親の老公爵を禁治産者にする相談をした、アンドロニコフへの彼女の手紙を持っていることを、ラムベルトが告げて呼び寄せたカテリーナ・ニコラーエヴナに、ヴェルシーロフはピストルを向ける。それをアルカージイから邪魔されると、自分にピストルを向けるが、再びアルカージイがそれを阻止したので、死なずにすむことになる。

　ヴェルシーロフは、その分身のせいで、ソフィアとの結婚という、彼がなすべきことを現実のものとすることができない。苦行僧のように欲望を制御する修行の効果もなく、カテリーナ・ニコラーエヴナに呪縛されるという宿命に身を任せた。最後には、ソフィアのもとに戻り、彼女に世話をされる身となる。アルカージイは、子どもみたいになったヴェルシーロフについて、「知性も徳性もすこしもそこなわれずにそのままにのこった、ただ彼の内部にあった理想的なものがことごとく、さらに強く表面に出て来たのである」（第三部　第十三章　エピローグ　1）と言うが、彼が自分の理想を生活に体現させる日が来るようには思えない。幻想において、「ロシアのキリスト」ではなく「バルチックのキリスト」が現われるヴェルシーロフに、救いの時が訪れるようには感じられない。

5　未成年アルカージイと老人マカール

アルカージイも、善良な生活がしたくてもできない人間なのであろうか。確かに、彼には、『地下室の手記』の主人公と同様に、観念に生きる側面がある。片隅に生きることを理想とすると言うが、それは「地下室」の住人の生き方に通じるものがある。しかし、彼は、理想を持っていても、父親ヴェルシーロフへの、セルゲイ・ペトローヴィチ公爵による侮辱の真相を解明することと、父親を辱めた者に復讐をすることのために、理想は一時傍らに置いておくという、柔軟性と心意気がある男である。ただ、人々の中へと入って、賭博、飲酒、巡査への殴打など、情念のおもむくままに行動して、とんでもない事態を招き寄せることにもなる。だが、世間相手のはちゃめちゃな行為で、『地下室の手記』の主人公は、「地下室」の住人であることを確認することになるのに対して、アルカージイは、殻を破り、世間の者たちと関係を結ぶこととなる。その善意とその行動力を見ると、彼が願うことになる、「善美」を体現して生きることのできる時が訪れるのではないかと思わせるものがある。

アルカージイは、貴族ヴェルシーロフと僕婢であったソフィアから生まれたが、戸籍上の父はヴェルシーロフ家の元家僕で巡礼の旅に出ていたマカールである。親元を離れて他人の中で育つアルカージイは、ロスチャイルドになるという理想を持つようになる。といっても、そこで求めるのは、快楽追求の贅沢な生活ではなく、力に支えられた、孤独で自由な境地だった。欲望を制御して貯金をすることや、競売で買った物を人に売って利益を得ることをすでに試みており、完全に一人になって、この理想に生きようと思っていたのだが、父親ヴェルシーロフからペテルブルグに来るようにという招きを受け、それに応じる。それは、彼が、十歳の時に一度しか会ったことのない父親への思いに捕らわれてきたからであり、愛されたいとも思っていたからである。それで、アルカージイは、遺産相続や結婚に対する欲望によって引き起こされる、様々な出来事に翻弄されることとなる。困ったことになることが予想されるのに、自制をせずに突っ走るのである。

とりわけ、カテリーナ・ニコラーエヴナのことになると、感情におぼれ、常軌を逸した行動を取る。彼は、カテリーナを過度に美化するものの、他方、彼女が父親の老公爵が手にすることを恐れている、彼女の手紙を所持していることで、自分の手中にある獲物に向かう蜘蛛の意識を持っており、夢や酔いの中では、彼女に対する、愛欲の念が露わになる。彼女が、自分の手紙を彼から取り戻そうとして、色仕掛けで迫るのに応えようとするという、「蜘蛛の魂」の夢を見る。また、その手紙を使ったらカテリーナと結婚できるという、ラムベルトの誘惑的な話に、酒に酔ったアルカージイはその気になって、金は要らないが結婚は望むと言う。

他方、ヴェルシーロフは、どうしたわけかアルカージイがどのような男かよく見抜いていた。聞いたことがないのに、彼が理想を抱いていることも、その理想がどのようなものかということも知っていた。「きみはものすごく生きることを望んでいる、生きることを渇望している、三度生命をあたえられても、まだ足りないと思われるほどだ」（第一部　第七章　3）と、アルカージイがクラフトに言ったことをほぼそのまま繰り返すことができた。ヴェルシーロフは、アルカージイと会ったときに加えて、アルカージイについての情報を人から聞くことにも意識を集中させて、その本質を見抜いていたのかもしれない。カテリーナが淫蕩な女で未成年者をもてあそんだという、彼女へのヴェルシーロフの手紙（第二部　第八章　3）は、現実化してはいなくてもアルカージイの心の中には彼女に対する情欲が存在していることを読み取ったので、それが作用して、そのように書かれることになったと考えられる。

アルカージイは、父親に対するときも、感情の起伏が激しくなる。アルカージイは、父ヴェルシーロフが、セルゲイ・ペトローヴィチ公爵から公衆の面前で頬打ちをくらわされたのに決闘の申し込みをしなかったことに憤慨していた。ところが、ストルベーエフ氏の死後、その遺産をめぐってヴェルシーロフとセルゲイ・ペトローヴィチ公爵の間で争われた裁判で、その遺言が考慮されてヴェルシーロフの勝訴となるが、彼に不利なことが書かれている、ストルベーエフ氏の手紙をアルカージイから受け取ると、彼は、その手紙をセルゲイ・ペトローヴィチ公爵に渡し遺産を放棄した。父ヴェルシーロフのこの行為に、アルカージイは感動する。

このような傾向は、ヴェルシーロフとカテリーナの関係に立ち向かうとき、一層顕著である。マカールの死の二時間前に、ビオリング男爵との結婚を考えているカテリーナ・ニコラーエヴナからそっとしておいてくれるよう懇願する手紙を受け取ったら呪縛が解けたという趣旨の話をヴェルシーロフから聞くと、アルカージイは大いに喜ぶ。が、その後、ヴェルシーロフとカテリーナの話を立ち聞きし、父親の狂気染みた愛情表現と彼を拒否しながらも彼女が愛情を示したことに、ひどく動揺する。父親を彼女から救いたいと思いながらも、彼女への恋心から嫉妬に苦しむのだった。

このように、アルカージイは、喜怒哀楽が激しい。自分の感情に忠実に生きようとする。だが、そこに認められる、彼の善良さ、理想を実現するためにいくつかのことを実行したこと、生きることを愛することなどを見ると、彼には善い生活の可能性があることが感じられる。それを引き出すのはマカール・イワーノヴィチである。

アルカージイは、泥棒という濡れ衣を着せられて賭博場からたたき出され、自殺、放火を考えた後、屋外で凍えているところをラムベルトに助けられ、自宅で療養することになる。そのとき、病気のためソフィアのもとに身を寄せていたマカールと、アルカージイは初めて会う。まず、マカールは、アルカージイに非常に良い印象を与えた。マカールの笑いが、子どものように清らかで、この上なく魅惑的だったからである。そして、マカールは、大切と思うことをアルカージイに心を込めて語る。「すべてが秘密だよ、おまえ、すべてに神の秘密が宿っているのだよ。一本一本の木にも、一本一本の雑草にも、この秘密がかくされているのだよ。小鳥たちがうたうのも、数知れぬ星が夜空にちかちか光っているのも――みんな同じように秘密なのだよ。だが、いちばん大きな秘密は――人間の魂をあの世で待ち受けているものにあるのだよ」（第三部　第一章　3）と。アルカージイは、科学の発達により秘密というものは存在しなくなったと考えており、彼の知性は、マカールの主張に賛成することができない。しかし、マカールの話を聞いた後、アルカージイに変化が訪れる。アルカージイは、マカールと出会う前は、決まった時間決まった所に赤い夕陽が射すという、自然の法則に苛立っていたが、「さっきはあれほど呪わしい気持で待っていたあの夕陽のつくる明るい点である。ところがそのときは、わたしの魂ぜんたいがとたんに喜びにふるえたことをおぼえている。新しい光りがわたしの心にさしこんだような気がしたのだった。この甘い一瞬をわたしは記憶にとどめて、いつまでも忘れたくない。これこそが新しい希望と新しい力の一瞬であった」と言う。同じ現象に対して、全く異なる反応を示すのである。彼は、ヴェルシーロフからは学び取ることができなかったものを、マカールに見出したからである。アリョーシャがゾシマ長老の教えを糧として生きていくように、アルカージイもマカールから生きていく上で大切なことを学ぶのである。

マカールは、巡礼の人、神を信じる人という点で、『カラマーゾフの兄弟』のゾシマ長老につながる存在である。ゾシマ長老も、「神のあらゆる創造物を、全体たるとその一粒一粒たるとを問わず、愛するがよい。木の葉の一枚一枚、神の光の一条一条を愛することだ。動物を愛し、植物を愛し、あらゆる物を愛するがよい。あらゆる物を愛すれば、それらの物にひそむ神の秘密を理解できるだろう」（第二部　第六編　三　ゾシマ長老の法話と説教から（G）祈りと、愛と、他の世界との接触について）と言うように、秘密という言葉を使う。そこに神性を見ている。信仰者として自然、大地を愛することは、マカールとゾシマ長老に共通することである。大地・自然信仰は、『罪と罰』のソーニャ、『悪霊』のシャートフ、マリヤ・レビャートキナにもあったものであるが、それがこの二人の老人において徹底されている。幼い頃からドストエフスキーの心を培ってきたロシア正教が大地・自然信仰に寛容であることが、それを可能にしたのである。

マカールもゾシマ長老も、まさにキリスト者で、祈りを重視し、その愛の心故に、教会の教えに反し、自殺者のためにも祈る者である。

マカールが語る、強盗をしたのに無罪となった兵士が自殺する話と、強欲で凶暴な大金持ちの商人マクシム・イワーノヴィチが、随分昔に言い寄り振られた未亡人の八歳の息子を死に至らしめたことで、その子が夢に出てくるほど、ひどく苦しむようになった揚句、その女の夫となり、男の子をもうけるが、その子を病いで失うと、罪を贖うために巡礼の旅に出るという話は、ゾシマ長老が語る、愛する女性を殺害したことに苦しみ、最後には、その罪を町じゅうの人の面前で告白した男ミハイルについての話に通じるものがある。それを、「心に罪をもっては暮せないものだよ！」（第三部　第三章　２）という、マカールの言葉が説明している。

6　『未成年』から『カラマーゾフの兄弟』へ

以上見てきたように、『未成年』の独自性は、無秩序と混沌の一八七〇年代ロシア社会を描くのに、自分の感情に忠実に動き話す青年を語り手として、内容と形式を一致させたことにある。これは、「美しい形式」によらずに、無秩序と混沌の中から美しいものを描き出すという困難な試みであった。これは、トルストイはむろんのこと、ドストエフスキー自身もそれまで行わなかったことである。アルカージイは、出来事に翻弄されながらも、力一杯生きることで、何かを摑み取ろうとした。それがこの作品の力となっている。作品の魅力である。

「はげしく胸をゆさぶられた」出来事を振り返って手記を書いたことで、アルカージイに変化が訪れる。彼は、子どもの頃、そのときは嫌だったが、母がトゥシャールの寄宿舎を訪れて彼に愛情を示してくれたことを大切なものとして心に保持してきたことに注目するし、戸籍上の父マカールと出会うことで、彼から「善美」を体現して生きることを学び、それが彼がこれから生きていく上で支えとなるように思われる。アルカージイは、生きるために必要な精神的なものを、貴族である血縁の父ではなく、母ソフィアと戸籍上の父マカール・イワーノヴィチという二人の民衆から得ることとなる。そこに、貴族ではなく民衆への支持を読み取ることができる。ただ、アルカージイは、同じように生きたいと思わなくても、ヴェルシーロフが自分を曝け出してくれたことで人生について学んだのは間違いのないことである。すなわち、ペテルブルグにやって来て、これらの三人の親と関わり、人間とその社会を手記で探究することで、彼は、「偶然の家庭」の一員であることを克服する。「ところがこの新しい生活こそ、わたしのまえに開けたこの新しい道こそ、ほかならぬわたしの『理想』なのである。以前のとまったく同じ理想なのだが、もうすっかり形が変っているので、もう見分けがつかないほどである」（第三部第十三章　エピローグ　2）と言うように、どのような形を取るかは分からないが、彼は、これからも、力に支えられた、孤独で自由な生活を実現しようとするのである。

マカールから「善美」を学び取ることができたアルカージイは、善良という点で、アリョーシャに通じている。また、アルカージイの、感情のおもむくまま危険なことへの配慮なく行動するところからは、乱暴で卑劣なことをするが愛情豊かなドミートリーが生まれることとなる。そうなると、一人の女性に対する父親と息子の欲望は、心理的な戦いから、フョードルとドミートリーの現実の戦いへとその活動の場を変えることになる。アルカージイの、三回生きてもまだ生き足りないというところは、この世界がどんなに嫌悪すべきものであっても、三十歳までは生きたいと言った時のイワンとつながっている。マカールは、ゾシマ長老へと進化していく。また、ヴェルシーロフも、隣人を愛することができないことに苦しみ自分の内から悪魔を生じさせる、神が創造した世界を否定しながらもキリストへの思いを捨てることのできないイワンへと変化していく。

このように、敬虔な心で生きる老人マカール、混乱に身を任せながらも力の限り生き不完全ながらも真摯に語る、生を愛する未成年アルカージイ、無気力と分裂に苦しむ知識人ヴェルシーロフから、『カラマーゾフの兄弟』が誕生することになるのである。

第六章　『ペスト』と『カラマーゾフの兄弟』

1　リウーはイワンのように語る

カミュの『ペスト』（一九四七年）で、最後に語り手であることが分かるようになっている、主人公の医師リウーは、罪のない子どもがペストのために惨たらしく死んでいくこの世界を受け入れることはできないと主張する。これは、ドストエフスキーの『カラマーゾフの兄弟』の「反逆」における、無辜の子どもへの残虐行為の存在する、神が創造したこの世界を認めることができないし、子どもへの贖いがないのに子どもへの残虐行為という土台の上に建設される「永遠の調和」を拒否するという、イワンの言説に影響を受けていると見なすことができる。実際、一九三八年に、カミュは、コポー脚色の『カラマーゾフの兄弟』の上演に際して、イワンを演じている。すでに見たように、『シーシュポスの神話』では、「このように罪が存在しないということは恐るべきことだ。「全てが許されている」とイワン・カラマーゾフは叫ぶ。ここにも不条理が感じられる」（「不条理な人間」）

と書いている。カミュは、ドストエフスキーの『カラマーゾフの兄弟』に共感するところがあるのであり、それが『ペスト』に反映している。

『ペスト』への『カラマーゾフの兄弟』のこのような影響の内実は、いかなるものなのであろうか。そこからこの二人の作家のどのような特質が見えてくるのであろうか。

2 『ペスト』における、無神論と有神論

『ペスト』では、アルジェリアの町オランをペストが席巻し、外部と遮断された状態になった中、医師リウーを中心にペストと戦う人々が描かれている。広く不条理な暴力をそこに読み取ることも可能であるが、まずは、ペストにはナチスの暴挙といった寓意が込められていると見なすことができる。カミュは、『シーシュポスの神話』で、不条理を人間の理性では理解できない世界とそれでも明晰に世界を理解しようとする人間との対立と定義している。また、人間はいつ死ぬか分からないということを意識すると、全てが無意味に思えるようになり、全てが等価値になって、無関心で生きるようになることを説き、この不条理な生を実践する人物として小説『異邦人』でムルソーを描いた。『ペスト』では、このような当初の定義から幾分離れて、ペストが隆盛を極め不当に人の命を奪う状態が不条理という言葉に相応しいものとなっている。全ての生のあり方を等価値と見なすと、殺人を引き起こすことにもなるので、ここでは、生のあり方の等価値は探求されない。『ペスト』では、人間を理不尽に死なしめるペストと戦うという正義が追求されている。『幸福な死』及び『異邦人』とは、別の形で死

と立ち向かうことになる。死を受け入れるのではなく、死と戦うというものである。

リウーは、医師として人間の健康のために尽力すると言う。悲惨な状況と戦うが、キリスト者ではない。彼には、イエス・キリストが自分の罪のために十字架にかかってくださったという信仰も、イエス・キリストに倣って生きようという思いも存在しない。ヨブのように、不当に悲惨な境遇故に、神に向かって嘆きや文句を口にするということもない。彼は無神論者である。

リウーと対峙するように、信仰者の代表としてイエズス会のパヌルー神父が描かれている。パヌルー神父は、二度説教を行うが、一回目の説教で、「あまりに長きにわたって、この世は悪と妥協してきました。あまりに長きにわたって、神の慈悲に頼ってきました。悔い改めるだけで良かったのです。あらゆることが赦されていたのでした」（2）と言う。彼は、ペストを神の罰だと語るのである。神を信じる彼にとって、神が苦しめるためだけに人類に不幸をもたらすようなことを起こすことはありえなかった。ペストを信仰心の弱さ、神に心を向ける時間が短いことに対する罰とするのであった。神の罰としてのペストの席巻というのは、イエス・キリスト出現よりも前の時代、旧約聖書の世界を連想させることにもなっている。神がイエス・キリストによって表わした愛の心を軽視しているようにも感じられる。

そうはいっても、彼はあくまでも、そこに神の愛を見ようとしており、「あなたたちを打ちひしいでいるまさにこの災禍があなたたちを育て、あなたたちに道を示してくれるのです」と主張する。ペストという罰による苦悩が神への道を用意することになるとしている。そして、そのことを強調して、「逆に、今日ほど、パヌルー神父は、全ての人に与えられた、神の救済とキリスト教徒の希望を感じたことがなかった」と述べられている。

これに対して、リウーは、「この世の秩序は死に支配されているのですから、神にとっては、おそらく、人が神を信じたりせずに、全力で死と戦ってくれたほうがいいんですよ。神が沈黙している、あの天の方に眼を向けたりしないでね」と言い、神が存在しているとしても、悲惨な状況に対して、神は沈黙して人間を救うために何もしないのだから、神を信じ期待することは意味がないという考えを示すことによって、神の存在を否定している。

リウーの心は揺るがないが、パヌルー神父には変化が生じてきていることを窺うことができる。パヌルー神父について、「彼の顔には、苦しそうな表情が読み取れるようになっていた。そして、彼が全力を尽くしてきた、このところの日々の疲労が、真っ赤になったその額に皺を刻んでいた」（4）と書かれている。罪のない男の子の断末魔の苦悶は、リウーだけでなく、パヌルー神父も苦しめるのである。リウーは、死につつある男の子と同化して自分の力で助けようとするが、効果はなかった。パヌルー神父も、「神様、この子を救ってください」と祈らざるをえなかった。が、その祈りが聞き入れられることはなかった。

パヌルー神父は、信仰を自分にも問わざるをえなくなった。ペストは人間の不信仰、悪に対する神の罰であるという解釈ではすまなくなったのである。彼は、「このことは、私たちの理解の範囲を超えていますから、けしからんことだと思うのです。しかし、おそらく、私たちは理解できないものを愛さなければならないのです」と言うのであった。リウーが「神父さま、そうは思いません。私は、愛をそのようなものとは別のものだと考えています。そして、子どもたちがひどく苦しめられている、この創造世界を愛するなんてことは、死んでもお断りします」と言うのに対して、パヌルー神父は、「私は、今、恩寵と呼ばれているものが理解できました」と悲し気に言う。彼は、悲惨な状況の中にも神の恩寵を見るというよりも悲惨な状態そのものが恩寵であるとして、信仰を持ち続けようとする。自分の説教と自分の行動に矛盾がないようにするために、彼は、「司祭は医者の診察を受けてもよいのか」という題の論文を書こうと思う。

そして、パヌルー神父の二回目の説教となる。パヌルー神父の二回目の説教を聞くリウーについて、「パヌルーが、神に関しては、説明することができるものと、説明できないものがあると断言したとき、彼の関心を引いた」と書かれることになる。リウーは、皮肉な心で、説教を聞くのである。パヌルー神父も、愛の神がおられるのに罪のない子どもがペストで苦しみながら死んでいくことに納得がいかない気持ちが芽生えているのではないかと推測することができるが、このような事態に対して、「全てを信じるか、あるいは全てを否定するかどちらかのことをしなければなりません。それで、あなたたちの中で、誰があえて全てを否定するでしょうか」と断言する。悲惨な状況が神に対する態度を明確にするよう強いるのである。彼は、自分のように信じることを選ぶよう説く。子どもの苦しみについても、「神様が望まれるので、それを望まなければならないのです」と言う。全てを神によるものとして受け入れるということである。パヌルー神父は、善いことをするよう勧告した後、「しかし、その他のことについては、今のままの状態を保ち、子どもの死についても、神様にお任せすることを受け入れるようにしなければなりません、個人的な手だてを探し求めようとしないで」と、説教で自分の信仰のあり方を明確に語る。

しかし、その説教通り生きるとするなら、パヌルー神父は、ペストとの戦いに参加しないはずであるが、タルーが結成した衛生部隊で仕事をすることにする。そのせいか、彼は病気にかかる。だが、病気なのに医師の診察を拒む。また、隣人の厚意に対して、「しかし、修道士に友人はいません。修道士は神様に全てを捧げており ます」と言い、孤立の姿勢を取る。自分の説教と矛盾のない態度を取る。そして、ペストと診断されないまま、死亡する。その死は、「疑わしい症例」と記録されることになる。「疑わしい症例」には、意味がある。これがペストによる死となると、ナチスとの戦いによる死という意味合いも背後で強まる。「疑わしい症例」とすることで、その死は、謎に包まれることとなる。

パヌルー神父の言動は、アブラハムのイサク奉献、ヨブ記を思わせる。だが、アブラハムのイサク奉献は自分の愛する息子を生贄として神に捧げようとしたことであるが、パヌルー神父は孤立しており、個人的に愛する存在がいない。ヨブの場合は、厚い信仰を持つ義人であるにもかかわらず、自分の身に様々な不幸が不当に訪れることになると、最初は、神を非難せず受け入れるが、そのうちに理不尽な悲惨な状況について、神に対して嘆きや非難の言葉を発するようになる。ところが、最後には、神が現われて、宇宙を創造した神に対してとやかく言ったことでヨブを叱責する。これに対して、ヨブは自分の非を素直に認め、恭順な態度を取る。神が自分に語りかけてくださったこと、神がともにいてくださることに、安らぎ、心の支えを見いだすのである。神の臨在による安心感がヨブに生きる力を与えるのであるが、パヌルー神父は、どんなに悲惨なことがあっても全面的に神を信じるとしながらも、ヨブのような、神の臨在による安心感を心に抱くことがない。キリストがいつも傍らにいてくださると思えることによる安心感がパヌルー神父に訪れてはいなかった。ヨブ記の終わりには、明るい光が射しているのに対して、パヌルー神父の説教は、ヨブを連想させるものの、彼の心は暗い。神を信じることによる安らぎがないからである。結局、リウーとは別の形で無神論を支持するということにもなってしまうのであった。

リウーはカミュの考えを体現する存在であるが、もう一人、この作品には、カミュの分身が存在する。それはタルーである。

タルーとリウーは、ともにペストと戦ううちに、信頼と友情で結ばれるようになる。タルーは、リウーの話を聞いて、心を動かされ、ペストと戦うために、衛生部隊を組織する。衛生部隊は、協力者を得て、予防のための仕事などを行うこととなる。

この小説は、タルーの手帳によっても構成されているが、タルーがリウーに自分の身の上を話すことでも、この小説を組み立てることとなる。

タルーは、自分には罪はないという意識で生きていたが、十七歳のとき、法廷で次席検事の父親が死刑を求刑するのを聞くと、親しく父親に接することができなくなり、死刑宣告、刑の執行について考えるようになる。彼は、死刑という殺人と戦うために、政治活動に加わるようになるのだが、「随分以前から、私は、遠く離れた所から関わったとしても、善意からのものであったとしても、今度は自分が殺人者となっていたことが恥ずかしいのです、死ぬほど恥ずかしいのです」と言うように、否定し続けてきた死刑を宣告し執行する側に自分がいることに気づくのである。そして、大義のためであっても、死刑は否定されるべきだと考える。また、生きるということは、ペスト患者にならないようにしようとしても、ペスト患者にならざるをえないということであり、そのことで人を死に至らしめてしまうことにもなることを痛感する。それでも、彼は自分の当初の考えにこだわる。「私は、自分がこの世界にとってはもう何の価値もないことを、人を殺すのを辞めた瞬間から、やむなく決定的に追放されたということを知っています。歴史を作っていくのは他の者たちなのです」と言う。自分の思い通りにならないことを自覚しつつも、死刑を正当化して歴史を作っていく側には身を置かないようにしようと決意するのである。少なくとも、「災害」に同意しない「罪のない殺害者」であろうと努める。これは、レジスタンスの体験から対独協力者の厳罰を主張し後に自分の非を認めた、カミュの体験に基づいていると見なすことができる。共産主義国における政敵粛清への思いも存在していると思われる。『ペスト』において、パヌルー神父がキリスト者を代表して、無神論者リウーとともに闘うのに対して、タルーの昔の仲間たちの中にいたのではないかと思われる共産主義者は一緒にペストと闘うということにはなっていない。共産主義者がペストと戦う人物として作中に登場しないのは、共産主義者たちが歴史を作っていくために死刑を正当化する人たちと見なされているためであろう。

タルーが「人は神を信じることなく聖人になることができるのか、これが、わたしが今日知っている、唯一の具体的な問題なのです」という課題を語ると、リウーは「わたしは、聖人よりも敗者のほうに連帯感を感じるんですよ。わたしは、英雄的精神と神聖に対する好みは持ち合わせていないんです、わたしに興味があるのは一人の人間であることです」と述べる。タルーの言葉には、イエスへの思いが感じられるが、頑健な肉体の持ち主であるタルーも、思い半ばで、ペストによって苦しみながら死んでいくことになる。カミュは、反抗による連帯は描くが、崇拝するイエスへの思いを、この小説で突き詰めることを行っていない。

『ペスト』では、最終的には、ペストは姿を消すが、ペストとの戦いに勝ったということにはなっていない。『ペスト』は、決定的な勝利の記録ではない。「ペストと生命との闘いで、人間が勝ち取ることができたのは、知識と思い出だけだった」(5) と書かれている。ペスト菌は消滅したわけではなく、どこかに身を隠しているのであり、それはいつの日にか、また姿を現して、人間に襲いかかることになるのである。

佐古純一郎は、カミュの思想の健康性を、人間が死ぬべき存在であることの直視に見つつも、そこから神を信じるのではなく不条理の思想を生み出すことに同意できないとしている。佐古は「アルベール・カミュの反キリスト教思想―『ペスト』をめぐって―」において、「真実なる信仰に生き、誠実なる祈りによってこそ、『ペスト』の中でカミュが描いた如き医師リウーの生き方が生れるのではなかろうか」と書いているように、リウーの活動を外的な面では支持しているが、それを行う時の心のあり方は肯定できないのである。リウーにペストの原因であるペスト菌、悪の原因である罪との闘いがないことには納得できないとしている。キリストを介した、神との交わりが求められていないことを批判しているのである。神を信じることなく「現在」に生きるカミュにとっては、それはやむをえないことであった。『ペスト』は、すでに述べたように、ナチスとの闘い、レジスタンスの体験を背景に書かれたと見なすことができるが、ナチスによって同志や無垢な子どもを殺害されたことへの怒りから、対独協力者への厳罰を主張し、その後自分の誤りを認めるという体験から、敵に対する激しい攻撃というのは抑制されているということもあると思われる。また、ペストの隆盛が自分にとって好都合であった、対独協力者であることを匂わしているコタールについて、「唯一の本当の罪は、子どもたちと世間の人々を死に至らしめた物を心の中で認めた」（5）ことであると述べているが、激しく断罪することはせず、許さざるをえないと書いている。

3　『カラマーゾフの兄弟』における、神の領域と悪魔の領域

アリョーシャは、スメルジャコフと会い、イワンが料理屋都でドミートリーと会おうとしていると聞いて、その料理屋に行く。そして、「反逆」（第二部　第五編　プロとコントラ　四）と「大審問官」（第二部　第五編　プロとコントラ　五）で、イワンの考え、感情が提示され、それに対する、アリョーシャの対応が描かれることとなる。

イワンは、「反逆」で、罪のない子どもに対する残虐行為が存在する、神が創造したこの世界を受け入れることができないし、復讐も子どもへの贖いもなくいつの日か誕生することとなる「永遠の調和」を拒否すると宣言する。

イワンが子どもへの虐待行為を誰も、母親さえも許すことができないと言ったことは、赦す存在イエス・キリストの否定となっている。それで、アリョーシャは、イエス・キリストについて言及せざるをえなくなる。これに対して、イワンは自分の作品「大審問官」を物語るのである。

大審問官がイエス・キリストと思しき「彼」に語る話によれば、イエス・キリストは、荒野で悪魔の誘惑を退けて、パンのみで生きるべきではないことを人間に教えた。主なる神のみを信じて、魂・精神の自由を生きることを。が、イエス・キリストの教えを信じて生きることができるのは、数少ない強い人間であり、弱い人間は、それができず、物質的な自由を持てあまし、パンを求めると言う。それで、大審問官が、そのような人間に自由と引き換えにパンを与えた。天上のパンで生きることができない、弱い人間たちには、地上の物質的な幸せを用意するのである。また、人間は物質的なものだけでは満足できないので、罪を許してやるなどして、良心の悩みを解消するシステムも、弱い人間たちに提供するのである。が、これは悪魔に従う生き方であった。

大審問官は、神もイエス・キリストも信じていない。したがって、受難者について、「彼らは静かに死に、お前のためにひっそりと消えてゆき、来世で見いだすものも死にすぎない」と言うことにもなる。彼は棄教者である。

イワンの話を聞き、アリョーシャは、「兄さんの詩はイエス讃美であって、兄さんの望んでいたような……非難じゃありません」と言う。「大審問官」に「イエス讃美」があるとしたら、どういうところで、それが言えるのだろうか。

アリョーシャは、大審問官の言説の虚偽を読み取ったので、「イエス讃美」と言ったのであろうが、イエス・キリストの言葉の無効性及び、イエス・キリストが指し示したものとは別の道を行くことを饒舌に語る大審問官と沈黙を守る「彼」の対立はどのようになるのかと思いながら読んでいくと、不可思議な終結に立ち会うこととなる。最後には、「彼」が、大審問官にキスをする。この事態に対して、大審問官は狼狽することになる。これは、どう理解したら良いのであろうか。「彼」は大審問官の言説を肯定するためにキスをしたのだろうか。いや、明らかにそうではない。それでは、大審問官を赦す行為なのか。いや、おそらく、赦したというよりも、その苦しい生涯への憐れみの行為であろう。そこに、「彼」は大審問官の苦しみを見抜いたのであるが、大審問官自身も、自分の言説に虚偽があることに気づいていたのである。滝沢克己は、『ドストエフスキーと現代』において、このことについて、「しかし、すべてそれらのことがどんなに「完全に」実現しようと、大審問官が他の人間の自由を奪うこと、その人がいかに弱くても自由そのものを支配すること、その人の自己そのもの・生全体の支えとなることは、絶対に不可能なのだ。

イワン・カラマーゾフの年老いた「大審問官」は、このことをよく知っていた。自分自身の死を乗り越えることもできず、といって自由を振り棄てることもできない、滅亡が最後の運命だと知っていながら永遠の生命を渇望せざるをえない――そこに大審問官の奥深い苦悩があった」（2　イエスの応答――大審問官の盲点（1）「大審問官」のイエスと『西方の人』の「キリスト」）と書いている。大審問官の動揺は、自分の主張を心から正しいと思っているわけではないこと、イエス・キリストへの信仰を棄ててしまい、地上の幸せだけに心を尽くしてきたことへの不安に起因していると解することができる。人間には、精神的なもの、天上への思いが必要であるが、大審問官の宗教は、物質的体制を維持するための道具に過ぎなかった。カトリックの告解に対応する、彼の許しのシステムには、キリストへの信仰が欠落しているので、無効なのである。イワン自身、そのことが分かっているので、アリョーシャがそこにカトリックを読み取って激しく非難するように、激しく反論することができない。アリョーシャが、「兄さんの審問官は神を信じていないんです、それが彼の秘密のすべてじゃありませんか！」と言うと、イワンは、「たとえそうでもいいじゃないか！　やっとお前も察したな。事実そのとおりさ、実際その一点だけにすべての秘密があるんだよ。だが、はたしてそれが彼のように荒野での苦行に一生を台なしにしながら、なお人類への愛を断ち切れなかった男にとってだろうと、苦しみではないだろうか？」と応じている。大審問官の苦しみをイワンはよく分かっているのである。そこには、イエス・キリストを受け入れたくてもできない、イワンの苦しみが透けて見えるのである。そんなイワンに、アリョーシャは「大審問官」に倣って口付けをするが、そこには苦しむ兄への愛情が存在する。

イワンは、神が存在しないなら全てが許されると主張し、他方、自分の考えを立証するかのように残虐行為を収集していた。クーシキンは、「ドストエフスキイとカミュ」において、「今やカミュにとってイワン・カラマーゾフは罪なき人々の擁護者でありながら、殺人を正当と見なす人間である。イワンは殺人者たる神に反逆するが、自己の詭弁から殺す権利をあたえる法を引き出す」と書いているが、そうであろうか。ゾシマ長老は、イワンに対して、信仰問題や教会についての彼の言説について、「今のところあなたも、自分の弁証法を自分で信じられず、心に痛みをいだいてひそかにそれを嘲笑しながら、絶望のあまり、雑誌の論文や俗世の議論などで憂さを晴らしておられるのだ」と（第一部　第二編　場違いな会合　六　こんな男がなぜ生きているんだ！）と言う。神がいないとしたら全てが許されると言ったとしても、イワンは、自分の言葉通りに生きているわけではないのである。

イワンは、自分がスメルジャコフに殺人行為を唆したことを認めざるをえなくなると、狼狽し、幻覚に悩み、苦しむところに注目する必要がある。そこには、自尊心とともに、彼の良心が存在する。神との関係が全く切断されているわけではないためである。イワンが、不死、神が存在しないので、全てが許されると心から思っているのなら、スメルジャコフを唆して、フョードルを殺したとしても、狂気に捕らわれることはないはずである。

イワンは、「反逆」において、「お前は俺にとって大切な人間だから、お前を手放したくないし、ゾシマ長老なんぞに引き渡しはしないぜ」とアリョーシャに言う。そこには、自分の考えにアリョーシャを引き込みたいというよりも、アリョーシャに自分を受け入れてほしいという気持ちが存在する。「大審問官」を物語った後のイワンの言葉、「だが、今こうして見ていると、お前の心の中にも俺の入りこむ場所はなさそうだな、隠遁者の坊や」には、それが叶わなかったイワンの無念な思いが込められている。アリョーシャに「もし本当に俺が粘っこい若葉に心ひかれることがあるとしたら、俺はお前のことだけを思いだしながら、若葉を愛するだろうよ」とも言っている。アリョーシャに自分を受け入れてほしいというのであれば、アリョーシャが信じるイエス・キリストに自分を受け入れてほしいということにもなるのではないだろうか。ここに、イワンの矛盾、苦悩が存在する。

イワンは、「反逆」で、「俺は調和なんぞほしくない。人類への愛情から言っても、まっぴらだね」と言っている。イワンは、近くにいる人間は愛することはできないが、自分から遠く隔たった人類だと愛することができると言うのである。子どもだけは例外で、近くからでも愛せると言ったが、彼が、子どもと親しく接し子どもに具体的に愛情を注いでいるところは描かれていない。結局、イワンは、子どもも愛することができないのである。これが、実践家アリョーシャと異なるところである。イワンがイエス・キリストを受け入れたくてもできないのは、このような彼の性質によると見なすことができる。イワンは、スメルジャコフと会い、彼と暗示的な会話を繰り返す。そんな中、イワンは、密かにイエス・キリストに惹かれるところではなく、彼のもう一つの側面である邪悪な部分に引っ張られていく。それが勢力を拡大し、悪魔として彼から独立し彼を苦しめることとなる。それにしても、イワンのような知的な男が自分の欲求、自分の心の動きに盲目なところがあるのは不可解である。どうしてなのだろうか。

イワンは、全てを棄ててモスクワに行こうと心に決めるが、父フョードルからチェルマーシニャに行くよう頼まれる。スメルジャコフとの会話でもそれを勧められても、それでもモスクワに行こうと思っていたのに、出発の前日に、チェルマーシニャに行くとスメルジャコフに告げてしまう。イワンは、このことでフョードルを殺すようスメルジャコフを唆そうと意識したわけではないが、それでいて、その夜、階下の父フョードルの様子を窺うところには間もなく死ぬことになる父親に対する興味を読み取ることができる。彼は、スメルジャコフとの関わりに不快なものを感じているものの、自分がフョードルを殺すようスメルジャコフを唆したとは考えていない。それで、イワンからフョードルの殺害を教唆されたので、それを実行したとスメルジャコフから仄めかされると、愕然とする。そうであるのならば自分に父フョードルの死の責任があると考えるが、それでいて、そう思いたくないのである。ドミートリーが父フョードルを殺すとカテリーナに告げる手紙の存在を知ると、それに喜びを感じ、ドミートリー犯人説を信じようとする。イワンが父親への自分の殺意、父親を殺すようスメルジャコフを唆すことになってしまったことに薄々気づきながらも、それを直視しないようにするところが、執拗に丹念に書き込まれている。

イワンにおける、自分の内面に対する盲目は、彼が自分の内にある邪悪なところを見ようとしないことに原因があるのではないだろうか。能力不足のためではない。自己の良心の力により、意識して制御することをしないので、内面の邪悪な部分が悪魔として独立し彼を翻弄してしまうのである。森有正は、このことについて、「ドストエフスキーにおける「自由」の一考察―「大審問官」の場合―」（『森有正全集　第八巻』）において、「この犯罪のおこるのを未然に防がせる力は、ただただかれの内心の声、内面的自由以外のなにものでもない。キリストが精霊の誘惑に対して守りぬいた、かの内面の自由のみが、イヴァンに要求されている」と書いている。

さて、「コニャックを飲みながら」（第一部　第三編　好色な男たち　八）における、フョードルが、イワンとアリョーシャに、神及び不死の存在について質問をするところは、イワンの「反逆」と「大審問官」、そしてゾシマ長老の話へと、分離して展開していく。イワンの「反逆」と「大審問官」が指し示すものは悪魔の領域に属しているのに対して、ゾシマ長老の法話・説教は神の領域を指し示しており、それらは対比的な位置関係にある。

第二部第六編の「ロシアの修道僧」で、ゾシマという人物が詳細に描かれている。ゾシマ長老は、物質的に富むほど喜びがなくなると語った後、「修道僧の道はまったく異なる。贖罪のための勤労とか、精進とか、祈禱などは、笑いものにさえされているが、実際はそれらの内にのみ、本当の、真の自由への道が存するのである」（三　ゾシマ長老の法話と説教から　(E)　ロシアの修道僧と、考えられうるその意義についての数言）と言う。「大審問官」で、自由は、神への信仰によってもたらされる、世俗的なものに害されることのない精神的状態という意味と、物質的に不自由なく自分の好きなように生きることができる状態という意味で使われているが、ゾシマ長老がここで言う自由は、言うまでもなく前者のほうである。また、ゾシマ長老は、「ロシアの救いは民衆にかかっている」と言う。ゾシマ長老においては、ロシアの民衆は神を信じる民なのである。

「だが、上流社会ではこうはゆかぬ。上流社会の人々は科学に盲従して、もはやキリストに頼らず自分たちの知力だけで、かつてのように正しい体制を作ろうと望み、すでに、犯罪もないし罪悪もないと宣言したのだ。彼らの考えからすれば、それも道理である。なぜと言って、神がない以上、いかなる犯罪があるだろうか?」（第二部　第六編　三　ゾシマ長老の法話と説教から　(F)　主人と召使について。主人と召使は精神的に互いに兄弟となりうるか）というゾシマ長老の言葉は、科学による新しい社会建設についてのものであるので、立ち位置が異なるものの、「大審問官」の作者イワンが言う、神が存在しないのなら全てが許されるという考えと同質のものを含み持っている。また、キリストを信じない者について、「公平な秩序を打ちたてようと考えてはいるのだが、キリストを斥けた以上、結局は世界に血の雨を降らせるほかはあるまい。なぜなら血は血をよび、抜き放った剣は剣によって滅ぼされるからだ。だから、もしキリストの約束がなかったら、この地上で最後の二人になるまで人間は互いに殺し合いをつづけるにちがいない」と言うが、これは、『罪と罰』のエピローグのラスコーリニコフの、新しい旋毛虫のような微生物に冒された者たちが自分だけが正しいとして争った揚句、わずか数人しか亡びるのを逃れることができないという悪夢と通じるものである。

また、ゾシマ長老は、亡き兄マルケルの教えと、昔自分が召使に暴力を振るってしまったことをもとに、「なぜ召使が身内の者同様になり、その結果、最後には家族の一員に迎え入れて、それを喜ぶようにできないのだろう?」と語っている。キリストが受難を前にして仕える者になるよう使徒たちに語ったことを実践することが目指されているのである。

ゾシマ長老は、「サタンの傲慢さ」を戒める。兄マルケルの言葉を受け入れて、自分は全てのもの、全ての人に対して罪があると考えるのである。悪いことをした罪人の罪の責任は自分にある、その罪のために苦しむべきであると言う。兄マルケルの言葉を受け入れるということは、イエス・キリストを受け入れることになる。「罪あるがままの人間を愛するがよい、なぜならそのことはすでに神の愛に近く、地上の愛の極致だからである」（第二部　第六編　三　ゾシマ長老の法話と説教から　(G)　祈りと、愛と、他の世界との接触について）という言葉には、キリストを信じキリストを模範として生きる姿が明確に示されている。

長老ゾシマによれば、地獄の苦しみは、もう人を愛することができないこと、「犠牲」の行為をなすことができないという精神的な苦しみである。物質的な苦しみは、精神的な苦しみを一時忘れさせてくれるので、これは本当の苦しみではないのである。また、神を憎む者の、地獄の苦しみに終わりはないと言う。

このように、ゾシマ長老はまさにキリストを信じる者である。アリョーシャが修道院を出たのは、このゾシマ長老の言葉に従ってのことである。「第四部　エピローグ　三　イリューシェチカの葬式。石のそばでの演説」で、アリョーシャは、子どもたちに、子どもの頃の良い思い出には大人になったときに大きな悪をなさないようにする力があると語るが、ゾシマ長老は、「わたしが親の家から持って出たものは、尊い思い出だけだった。なぜなら人間にとって、親の家ですごした幼年時代の思い出ほど尊いものはないからだ」（第二部　第六編　ロシアの修道僧　二　(B)　ゾシマ長老の人生における聖書）と言っており、実際、ゾシマ長老の人生には、アリョーシャの言葉通りのことが起こっているので、アリョーシャが子どもたちに語った考えも、ゾシマ長老から教わったのではないかと推測することができる。アリョーシャは、これからも、このゾシマ長老をキリスト者の模範として生きていくことになるだろう。

このように見てくると、ゾシマ長老は、光そのもののような存在のように思えるが、他方、甘い物が好きであるし、彼に敵意を持つ頑健な体の持主フェラポント神父より十歳ほど若いのに、体が弱くて先に昇天し、普通の人よりも早く腐臭を放つという、平凡な人間という側面も持つ存在としても描かれている。

このように、『ペスト』が無神論に大きく傾いた小説であるのに対して、『カラマーゾフの兄弟』は神の領域と悪魔の領域を描く小説である。

4 『ペスト』と『カラマーゾフの兄弟』

すでに検討したように、『ペスト』は『カラマーゾフの兄弟』の影響を受けている。リウーは、パヌルー神父の説教を聞きながら考えるが、その言説には、イワンの「反逆」の影が存在する。「放蕩児が雷に打たれるのが正義にかなったことであるとしても、子どもが苦しむのを認めることはできない」(4)、「パヌルー神父にとって、その子どもを待っている、永遠の無上の歓喜がその苦しみを償うことができると言うのは容易なことだったであろう。しかし、実際には、彼は、そのことについては何も知らなかった。というのも、誰が永遠の喜びが人間の一瞬の苦痛を償うことができると断言することができるであろうか。主は四肢と魂に苦しみを味われたというのに、そんなことを言う者はキリスト教徒とは決して言えないであろう」という、リウーの内面を説明する言葉には、無辜の子どもに対する残虐行為が存在する、神が創造したこの世界を受け入れることはできないし、罪のない子どもへの残虐行為の土台の上に、贖いもなく建設されることになる「永遠の調和」を拒否すると、「反逆」で主張するイワンの言説の反映が存在する。

このように、リウーの主張はイワンが語ったことと類似しているが、リウーには、イワンのように虐待行為の例をコレクションするという趣味はないし、自分の中から出てくる悪魔に苦しむことも、幻覚に苛まれることもない。リウーは、未来のこと、死後の世界、「永遠のいのち」について考察することはない。

これに対して、すでに検討したように、『カラマーゾフの兄弟』においては、イワンの分身でもある大審問官がキリストらしき「彼」から無言でキスをされて動揺するところや、キリストを信じるアリョーシャへの信頼を通して、イワンにおける、キリストへの密かな思いを読み取ることも可能である。無神論者として生きようとしながらも、神が存在しているのなら、どうしてこのような理不尽なことが起きるのかという憤りは、神を否定し切れない苦しみに由来していると見なすことができる。また、心の内奥では父の死を願っているのに、父の死を願っている自分に気づいたときには、愕然とする。自分の内に邪悪なものがあることに気づくと、平然としていられない。イワンは、神が存在しないのなら全てが許されると語ったとしても、神は存在しないので全てが許されると、心から思っているわけではなかった。これは、イワンの考えを受け入れて生きようとしたスメルジャコフとは異なるところである。イワンは、心の内奥に潜む良心と彼の内なる邪悪な部分である悪魔との対立に苦しまざるをえないのである。リウーのような、安定した心の持ち主ではない。

「反逆」と「大審問官」のイワンの話を聞いた後のアリョーシャは、イワンの話の影響もあって、義人であるゾシマ長老の亡骸が素晴らしい奇跡を起こすどころか普通の人よりも早く腐臭を発するようになったという事態に対して、どうして敬愛する義人ゾシマ長老を神は辱め名誉を奪うのか、正義に反することを許すのかという憤りに捕らわれて、堕落への道を歩み出そうとしたことがあった。それは、グルーシェニカの「一本の葱」に救われ、アリョーシャは「一生変らぬ堅固な闘士」となるけれども。また、彼は、「反逆」でイワンが語った、些細なことで男の子を猟犬に食い殺させた将軍について、「銃殺です！」と断言したこともあった。アリョーシャは、信仰者ではあるが、純粋にそうであるわけではない。

これに対して、リウーは、無神論者であることに徹している。パヌルー神父は、カトリック教会の神父を代表している。タルーは、大義のあるものであっても、殺人を否定する男である。『ペスト』の作中人物は、自分の役割を明確に演じる存在として作中に存在する。個性的で、人物の造形がくっきりとしている。が、その人物の実体は、少しずつ明かされていくようになっている。グランは、わずかの給料で生活している、長年臨時雇いのままの役人である。自分のもとを去って行った妻のことを諦めることができない。物語を書くという情熱を持ち続けている。その本の主人公は、彼の元妻である。そんな彼が衛生部隊で活躍する。彼は、ペストにかかるが、生還する。彼には輝かしいものはないが、粘り強さがある。コタールは、自殺未遂をする。謎の男である。孤独で警戒心が強い。犯罪者であるためである。ペストによる町の封鎖の間は、警察の手が及ばないということになっている。それで、彼は、衛生部隊の仕事をするのを断る。ペストが治まると、彼は警官に逮捕される。対独協力者であることを匂わせる人物である。ジャーナリストのランベールは、自分の仕事は忘れて、パリで暮らす愛する女と再会するために、隔離状態の、ペストの街オランから出るために力を尽くすが、リウーの「誠実」、「自分の仕事をする」姿勢に影響されて、ペストと戦うためにリウーやタルーとともに働くことにし、街から出る方法が見つかっても街に留まる男である。

ジッドが、『ヴィユー＝コロンヴィエ座における連続六回講演』の「二回目の講演」で、「ドストエフスキーの作中人物は、彼の人間ドラマの途方もない豊饒さにもかかわらず、いつも同じである、ただ一つの面、謙譲と傲慢という面の上に集まり、段階的に並んでいる」と言っているように、ドストエフスキーの作中人物は、傲慢な人物と謙譲な人物に分類され、さらに、おのおのその程度が異なるのである。以上検討したように、ドストエフスキーは、傲慢な人物にもその内に全く逆の面が幾分は潜んでいるし、謙譲な人物にもその内奥にそれに対立する要素が眠っているということがあるというようにその作中人物を描いている。必ずしも両極に分かれるのではなく、二つの傾向があるにしても、程度の度合いが人物によって異なるのである。信仰者のなかに不信仰があることがあるし、不信仰者に信仰への希求を読み取ることもできる。「全てが許されている」という公式を撤回しないと言うイワンにも宗教性があるし、人を愛する力のある、良心の人アリョーシャにさえ堕落の可能性があった。

『カラマーゾフの兄弟』は、内容においても形式においても、多様であり、ポリフォニーである。これと比べると、『ペスト』は、プロットもテーマもシンプルであり、純粋への志向が存在している。神の問題についても、無神論が色濃く出ている。宗教性が存在するとしても、それを否定する力が強く働いている。

5　カミュの文学とドストエフスキーの文学

不死を信じることができないイワンは、三十歳までは生きることにしようと考え、死という限界を前にして、「ねばねばとした若葉」を、生きることを愛したいとアリョーシャに語っている。カミュは、結核を患いながらも、自然との交わりによる歓喜を求めたので、このようなイワンに共感したと見なすことができる。

『カラマーゾフの兄弟』には、ゾシマ長老、アリョーシャ、ドミートリーだけでなく、イワンのような反宗教的な人物にも、キリストへの志向が存在する。が、『ペスト』は、宗教性は希薄である。連帯は反抗によるものである。

タルーは、リウーの話を聞いて衛生部隊を結成する。また、ランベールは、ペストによりオランが隔離されたため会えなくなった、パリにいる愛する女と再会するために力を尽くすが、リウーが自分の幸福だけを求める生き方をしていないのを見て、ペストの街オランに留まり、衛生部隊に参加する。『ペスト』にも、他者の生と出会うことによる変化は存在する。が、『カラマーゾフの兄弟』と違って、それは、垂直の方向性による変化ではなく、垂平の方向性のものである。

ただ、カミュが『ペスト』でパヌルー神父を描いたことは注目に値する。パヌルー神父を通して、カミュは、自分にとっての、カトリック信仰の姿を提示した。それは、パヌルー神父の敗北と取れる描き方であり、リウーの無神論を横から支えることになっているようにも見える。そうは言っても、リウーが考えること、その内面は明白であるのに対して、パヌルー神父には謎の部分があり、彼の信仰のあり方には、一徹であるように見えて、動揺していることも感じられて、複雑なところがある。そういう意味で、パヌルー神父が、『ペスト』の作中人物の中で『カラマーゾフの兄弟』の作中人物に最も近い存在である。『ペスト』において、カミュは、愛の神がおられるのに、どうしてこのような苦難が存在するのかという問題をパヌルー神父という信仰者に取り組ませた。しっかりとした信仰の隙間から滲み出してくる、愛の神がおられるのに、どうしてこのような悲惨なことが起こるのかという、パヌルー神父の苦しみは、リウーとは異なって、神を否定できない者の苦しみでもある。パヌルー神父の説教を読むと、カミュはキリスト教に無関心でキリスト教を批判しているわけではないことがはっきりと見えてくる。そのことは、カミュが単なるキリスト教批判に留まらず別の道に向かうことを想像させることにもなる。それは、カミュにイエス崇拝があるからこそ可能な道なのである。

第七章　ドストエフスキーはシベリア体験で何を得たのか

――『死の家の記録』を中心に――

1　シベリア体験以前のドストエフスキー

ドストエフスキーは、ペトラシェフスキー（一八二一―六六年）のサークルで反社会的活動を行ったかどで逮捕され、シベリアでの四年間の徒刑、四年間の兵役という刑罰を受けた。そのシベリア流刑で何を得たのか、どのように変わったのか、その体験は彼の文学作品にどのような影響を与えているのかという問題を探求する前に、計八年間の刑罰を受ける原因となる、ペトラシェフスキーのサークルでのドストエフスキーの活動を検討したい。その活動はどのようなものであったのか。どうして彼はそのような活動を行ったのか。それは、彼の文学作品にどのように反映しているのだろうか。

コマローヴィチは、『ドストエフスキーの青春』で、ドストエフスキーは、処女作『貧しき人びと』（一八四六年、完成は一八四五年五月）を絶賛し彼の作家としての才能を高く評価した、当時ロシア随一の評論家ベリンスキー（一八一一―四八年）の影響で、空想的社会主義、ユートピア社会主義に傾倒するようになると述べている。確かに、兄ミハイルへの書簡によると、ベリンスキー宅を訪れるようになっており、その付き合いの中で、社会主義について学んだのである。ただ、ロシアでは、一八三〇年代後半から一八四〇年代前半にかけて、フランスの空想的社会主義思想の紹介がなされており、それをドストエフスキーは読んでいた。ドストエフスキーは、一八七三年、「現代の偽りの一つ」（『作家の日記』）で、「当時は、事態はまだこの上なくばら色の、楽園のような道徳的なものと解されていたのである。まったく実際の話であるが、芽生えつつあった社会主義は当時においては、キリスト教と等しいものとされたのである」と述べている。ドストエフスキーは、少年時代から、家庭で宗教教育を受け、『旧約・新約聖書から取った百四つの物語』、聖書に親しみ、聖書の言葉を魂の糧とし、キリストへの敬愛の念を培って来ていた。また、兄ミハイルへの書簡を読むと、ベリンスキーと会う前も、キリスト教思想をその作品に盛り込んだユゴー（一八〇二―八五年）や、キリスト教に基づく理想社会の実現を探求する小説を書いたジョルジュ・サンド（一八〇四―七六年）を読み、高く評価していることが分かる。ジョルジュ・サンドの作品については、翻訳も行っている。ベリンスキーと会う前に空想的社会主義を受け入れる準備はできていたのである。

コマローヴィチは、ドストエフスキーとベリンスキーの関係は、一八四六年の終わり頃におかしくなり、一八四七年二月に完全に破綻したと述べている。その理由は、ベリンスキーが『祖国雑記』から『同時代人』に活動の場を移したのにドストエフスキーは『祖国雑記』に留まったことや、ベリンスキーがドストエフスキーの作品を批判するようになったことも考えられるが、彼は、一八四六年後半にベリンスキーが空想的社会主義者から唯物論的社会主義者に移行したことがその要因であると見なしている。

一八七三年、「昔の人びと」(『作家の日記』) で、ドストエフスキーは、ベリンスキーについて、「彼に会った時、彼は熱烈な社会主義者で、私と会うなりいきなり無神論から話を始めた」と書いている。ただ、この『作家の日記』によると、ベリンスキーは、無神論者だとしても、ドストエフスキーが受け入れることができる、ジョルジュ・サンドやエチエンヌ・カベー (一七八八―一八五六年) といった、空想的社会主義に傾倒する者たちも評価して、その本を読んでいた。が、ドストエフスキーにとって、当時もこの上なく大切な存在であったキリストを過去の存在として軽んじるベリンスキーの言説は堪えがたいものであった。ドストエフスキーは、ベリンスキーの思想と完全に同化したという見方も存在するが、ベリンスキーの話から空想的社会主義だけを受け入れたと見なすほうが適切であるように思われる。ベリンスキーが空想的社会主義から移行することになった唯物論的社会主義を、彼は受け入れることができなかったのである。彼は、空想的社会主義に留まるのである。

ドストエフスキーは、フーリエ (一七七二―一八三七年) の空想的社会主義を主に研究する、ペトラシェフスキーのサークルに一八四七年春から出席し、ロシア国民が貧困を克服して仲良く自由に暮らす理想社会の実現を夢みたようである。暴力革命に進もうとしていたというよりも、民衆を啓蒙する活動をしようとしていたと見なすほうが妥当であろう。

彼は、フーリエの「共同生活体」を信じていたのかという問題であるが、フーリエの「共同生活体」を真似て、共同出資でベケトフ兄弟やザリュベツキーと共同生活を試みるということはあった。一八四六年十一月二十六日の兄ミハイルへの手紙では、「共同生活の恩恵は実に大きなものです!」と書いている。井桁貞義氏は、『ドストエフスキイ』で、ドストエフスキーは、当時「共同生活体」をどう考えていたのかという問題について、「ドストエフスキイは、イカリアのコミューンやファランステールは、どんな懲役よりも恐ろしく、嫌悪すべきものだ、と語った」（ロシア―ユートピア像の系譜のなかで）という、ミリュコーフの証言を紹介しているが、『裁判記録』は別として、この証言を、ドストエフスキー自身が当時書いた文章によって確認することができない。後年、『地下室の手記』で、功利主義的思考による、物質的な幸福の追求を人間の主体性、自由がないとして痛烈に批判したことを思うと、納得のいく証言であるが、時間の経過や厳しい体験を考慮すると、そうではないことも考えられる。だが、レオニード・グロスマンは、評伝『ドストエフスキイ』で、「彼は、フランス社会主義小説の代表的作家同様、金持ちの正体をあばいてその犠牲者に同情を寄せることはできたけれども、四十年代の人気作家たちと同じように、社会の「健全化」より以上に、つまりは博愛主義の宣伝と社会的空想より以上に出ることはなかったのである」（5　ペトラシェーフスキイ会員　フーリエ主義者ドストエフスキイ）と書いている。ドストエフスキーは、当時、唯物論、無神論、実証主義を嫌ったが、「新しいキリスト教としての社会主義」を信奉したと見なすのが妥当であるように思える。権力者にも政治家にも革命家にもなろうとしなかった、福音書のキリストに心酔したドストエフスキーは、空想的社会主義者の域に留まり、「黄金時代」、「地上の楽園」を夢見つつ、夢想家として一種の陶酔状態にあったのかもしれない。アンリ・トロワイヤの『ドストエフスキー伝』とレオニード・グロスマンの『ドストエフスキイ』によると、この活動の終わり頃には、ドストエフスキーは、武力革命には否定的であったのに、武装蜂起、暴力革命のために秘密結社を結成した過激派スペシネフの術中にはまって、心ならずもその秘密結社に入ることとなった。後に、この恐ろしい体験は、『悪霊』創作の糧となるのである。

このような活動の間も、ドストエフスキーは、文学作品を書いていた。彼が、『貧しき人びと』を初めとして、シベリア流刑前に書いた、『分身』（一八四六年）、『プロハルチン氏』（一八四六年）、『九通の手紙にもられた小説』（一八四七年）、『ペテルブルグ年代記』（一八四七年）、『家主の妻』（一八四七年）、『弱い心』（一八四八年）、『ポルズンコフ』（一八四八年）、『正直な泥棒』（一八四八年）、『クリスマス・ツリーと結婚式』（一八四八年）、『他人の妻とベッドの下の夫』（一八四八年）、『白夜』（一八四八年）、『ネートチカ・ネズワーノワ』（一八四九年）、『小英雄』（一八五七年、執筆はペトロパヴロフスク要塞監獄にて一八四九年）には、空想的社会主義、ユートピア思想が表現されているのであろうか。

『貧しき人びと』における、ジェーヴシキンの手紙には、寄る辺ない貧しい娘ワルワーラ、もしもジェーヴシキンとワルワーラと結婚したら、こうなるのではないかと思わせる、同じアパートのひどく貧しいゴルシコフとその家族、物乞いをさせられている男の子などへの同情の眼差しが存在するし、ワルワーラの手記では、ポクロフスキー老人が滑稽で哀れな存在として描かれている。ドストエフスキーが、カラムジンの『哀れなリーザ』（一七九二年）、プーシキンの『駅長』（一八三〇年）、ゴーゴリの『外套』（一八四二年）を念頭に置き、これらの作品を超えようと意図して、その試みに成功したことを作品から読み取ることができるが、ユゴーやジョルジュ・サンドを愛読したことも、この作品を豊かにしたと見なすことができる。だが、いわゆるユートピアを目指すという姿勢は作中に存在せず、社会主義実現のためにロシア社会を告発する作品にはなっていない。

『分身』は、ユートピア社会主義への共感の影響は希薄で、ゴーゴリの『鼻』（一八三六年）への意識とドストエフスキーの分裂的性格からできたような作品である。『貧しき人びと』のジェーヴシキンの二面性が突き詰められている。分身については、『罪と罰』のラスコーリニコフとスヴィドリガイロフ、『未成年』のヴェルシーロフとその分身、『カラマーゾフの兄弟』のイワンとその悪魔、イワンとスメルジャコフなどに受け継がれていく。『家主の妻』には、夢想家が登場する。『白夜』についても言えることであるが、夢想家の男女は、出会うと、すぐに親しくなる。カチェリーナはオルドゥイノフに、「初めて口をきいたときから、あたしって、あなたを自分の心の人だと思ったの。病気にかかるようなことがあったら、また面倒を見てあげてよ。でも、病気にはならないでね、いけないわ。起きられるようになったら、兄妹のように生きていきましょうよ」（第一部　2）と言う。オルドゥイノフがムーリンからカチェリーナを実際に救い出そうとしたら、オルドゥイノフよりも遥かに強いムーリンが黙っていないので、「兄妹のように」という言い方にならざるをえないということもある。夢想家オルドゥイノフは、カチェリーナをムーリンの手から助け出したくても、現状を変える力はなく、ムーリンと彼女の絆、彼女は誰にも渡さないという、ムーリンの気迫を前にすると、あっさりと諦めてしまうこととなる。オルドゥイノフは、二つの前作の主人公と異なり、役人ではなく、自分の部屋で本を読み、芸術についての学問に打ち込んでいた。オルドゥイノフについて、「もっとも、彼は自分なりに体系を作っていて、それは何年も彼の内部に生きながらえてきていたし、その心の中にはすでに、まだ暗くてはっきりはしないが、何か驚くほど楽しい観念のイメージが少しずつきわ立ち、それが新しい明るい形を取るにいたっていた」（第一部　1）と書かれている。このように、健康を害しながらも、夢想家として明るく善いものを築こうとしているところには、ユートピア社会主義の会に通っていた頃のドストエフスキーの姿が投影している。

『弱い心』では、アルカージイは、親友ワーシャの、リーザとの結婚を自分のことのように喜び、自分を加えた三人の仲の良い生活を夢想し、「彼女はきみの天使であると同じように、ぼくの天使にもなってくれるはずだ、だから、きみの幸福はぼくにも流れてきて、ぼくをもあたためてくれるだろう。ぼくの主婦にもなってくれるんだね、ワーシャ、だからぼくの幸福もあの人の手の中にあるわけだ」と語る。が、不幸な者がたくさんいるのに自分のようなつまらない人間が幸せになるのは心苦しいという思いと、上司の恩情を裏切ってはいけないという気持ちが強過ぎて、ワーシャの「弱い心」は壊れてしまう。空想的社会主義への思いの屈折した形をそこに読み取ることができる。

『白夜』では、主人公の若き夢想家は、街で偶然知り合った娘ナースチェンカを愛しているのに、彼女が、一年後に再会することを約束して旅立った恋人と再会できるよう手伝うほど人が良い。彼女は、そんな彼を自分の家に間借りさせることを決意する。ところが、昔の恋人が現われると、あっさりと彼は置き去りにされる。だが、彼は、彼女を失っても、彼女の至福を自分の至福にしようとする。このように、作中人物が夢想を生きるこの小説には、執筆当時ドストエフスキーが空想的社会主義を信じる夢想家であったことが反映している。

『ネートチカ・ネズワーノワ』では、貧しい家に生れた少女ネートチカは、「美しく誇らしげな馬をつけた豪華な馬車」に乗って「着飾った婦人たち」が訪れる「赤いカーテンのある隣の建物」を通して、魔法の世界を想像する。母と仲が悪い、継父のエフィーモフは音楽家としての才能はあっても、練習をすると、自分が最高レベルの音楽家にはなれないことが分かるので練習をせず、自分が音楽家として活躍できないのは妻のせいだと思い込んでいる。彼も夢想家なのである。結局、彼女は、母と継父を亡くし、孤児となるが、偶然知り合った公爵に、次いで彼の継子の上流階級婦人に養育される。「魔法の世界」がある意味で現実化したのであるが、その生活にも苦難は存在し、それを乗り越えていくこととなる。この作品には裕福な人間も登場するが、裕福な者への反感は表現されていない。ネートチカを救う公爵はとても善良な人物であるし、その後の養育者の上流階級婦人も、心の優しい良い人として描かれている。貴族である、彼女の夫は好意的には描かれていないが、それは彼が裕福であるためではなく、昔妻が別の男を愛したことがいつまでも許せないことによる。他方、エフィーモフが才能を開花させることができなかったのは、劣悪な「環境」のせいではなかった。

『小英雄』では、逮捕された後、監獄で書かれたにもかかわらず、「これら腹一杯食べている連中は、自分では何ひとつせず、仕事というものがどんなに辛いものかも知らずに、何もかも用意されたものを与えられて、一生をおもしろおかしく送るのである」とあるように、主人公の少年が慕う女性の夫は、支配的立場に身を置いて利益を搾取する人物として否定的に描かれている。が、それは作品の物語を構成するものの一つに過ぎない。作品の力点は、大人の女性への少年の恋という別のところにある。

『正直な泥棒』、『ポルズンコフ』には、負けた者、虐げられた者、自堕落な者も切り捨てずに受け入れようという、福音書の世界に通じる側面が存在する。

『クリスマス・ツリーと結婚式』は、「文明では結婚を決定する動因は二つしかない。すなわち資産と奸策とである」（『四運動の理論　上』　第二部　描写篇　第一略説　第六期への導きとなっている矯正策　恋愛丁年）というフーリエの言葉を思い起こさせるが、金持ちの中年男と若い娘との男女関係という、ドストエフスキーの好みの設定に力点のある作品となっている。

『九通の手紙にもられた小説』、『他人の妻とベッドの下の夫』、『ポルズンコフ』、は、滑稽な語り口、諧謔、道化で読者を楽しませる作品であるが、前者二編に、「婚姻制は主として女の性格を腐敗させる」（『四運動の理論　上』　第二部　描写篇　第一略説　第六期への導きとなっている矯正策　恋愛団体）と言い、妻の不倫を肯定視する傾向があり「寝取られ夫」に注目するフーリエの影響を読み取ることが可能である。

ドストエフスキーは、『ペテルブルグ年代記』において、フランスの小説家、ウージェーヌ・シュー（一八〇四―五七年）やバルザック（一七九九―一八五〇年）に学んだフェリエトン作家として、ペテルブルグの街、自然、住人たち、出来事、事件などを描き、評論家としても語る。フェリエトン作家としての技法は、『プロハルチン氏』、『家主の妻』、『ポルズンコフ』、『クリスマス・ツリーと結婚式』、『白夜』などでも活用されている。そこには、フェリエトン作家としての、人間に対する目が、空想的社会主義への傾倒に導いたという側面も存在する。

検閲を考慮しても、これらの作品は、社会主義社会実現を目指して書かれてはいないように思える。良い社会を実現するために文学作品を書くべきだというペトラシェフスキーの主張に、ドストエフスキーは同意していない。ドストエフスキーは、ベリンスキーと異なって、作品で社会を改良しようという志向、社会主義リアリズムを実現させようという意思はなく、文学作品の自律性が重視されている。ただ、夢想家として空想的社会主義のサークルの活動に参加したことが、作品に素材を提供しプロットを構成するものを生み出すということはあった。

周知のように、ドストエフスキーは、一八四九年四月二十三日の早朝に、ペトラシェフスキーの会の活動に参加したという理由で逮捕される。『裁判記録』を読むと、ドストエフスキーの供述は適切で賢明なものであるという印象を受ける。だが、彼は、ゴーゴリへのベリンスキーの書簡を集会で朗読し、印刷機を使って反政府的文書を流布することを計画したかどで、セミョーノフスキイ練兵場にて、銃殺刑の宣告を受け、刑執行の直前に、前もって計画されていた通りに、皇帝の特赦という形で、本当の刑罰、シベリアでの四年間の徒刑と四年間の兵役を言い渡される。

2 『死の家の記録』――シベリアで何を得たのか

『死の家の記録』(一八六〇―六二年)は、妻を殺害した罪により十年間徒刑囚であった元囚人ゴリャンチコフの手記という体裁を取った小説であるが、ドストエフスキーのシベリアオムスク監獄での四年間の生活が描かれている。

ドストエフスキーは、まず、犯罪者の悔恨、刑罰による矯正については、「社会に反逆した犯罪者が、社会を憎み、常に自分が正しく、社会がまちがっていると思いこんでいるのは、もちろんである。そのうえ、もう社会の罰を受けたのだから、それによって自分は浄められ、罪は清算されたのだと思っている」(第一部 一 死の家)と書いている。この作品では、悔恨、犯罪者の矯正は問題にならないのである。『カラマーゾフの兄弟』における、恋人を殺害した男ミハイル、犬に針を含んだパンを食べさせた少年イリューシャのような、自分が犯した罪に苦しむ人間は、『死の家の記録』から誕生することはなかった。

オムスク監獄でドストエフスキーが得た第一のことは、民衆を知ったことであろう。ただ、これはすぐにはなされなかった。民衆の囚人は、貴族出の囚人に対しては、判決で身分を剝奪されていても、自分たちの仲間ではないという態度を取ったからである。しかし、「わたしに憎しみをいだく意地悪な囚人たちのあいだに、表面は憎しみのからをかぶってはいても、ほんとうは考えることも、感じることもできる善人たちがいることに、わたしは気がつかなかった」(第二部 五 夏の季節)とある。一八五四年二月二十二日の兄ミハイルへの手紙にも書かれているが、時間はかかるものの、民衆の囚人の美質を知ることとなる。

監獄で唯一読むことが許されていた書物である聖書を盗まれたことに関して、ゴリャンチコフにとって聖書は極めて大切なものであったと書かれているが、聖書を読むことで苦難を乗り越えたとか、生きる糧を得たといった記述は、『死の家の記録』には存在しない。ただ、囚人の間では信仰が篤い者は尊敬されるという記述は存在する。民衆の囚人にとって神を信じることは重要なことであるということがさりげなく語られている。

煉瓦を振りかざして少佐に飛びかかったため、処罰されて死んだ、聖書ばかり読んでいた男の思い出は、獄内で尊いものとされていた。「死にのぞんで、彼は、誰も憎んではいない、ただ苦しみを受けたかっただけだ、と言った」（第一部　二　最初の印象）と記されている。「六十歳ぐらいの小柄な白髪の老人」の旧教徒は、政府からの改宗の働きかけに対して、ロシア正教の寺院を焼き払ったために、無期懲役を科されたのだった。彼は、信仰の話になると、自分の信念をゆずらなかった。また、他の囚人から絶大な信頼を寄せられており、お金を預かっていた。その笑いについては、「彼は陽気な男で、よく笑った。しかしその笑いは、囚人特有の野卑な皮肉な笑いではなく、しずかな明るい笑いで、その笑いには子供のような素直さがあふれていて、白髪の顔に特によくうつった」（第一部　三　最初の印象（つづき））と記されている。

囚人たちにとって、教会に行くこと、斎戒、聖餐などの宗教儀式は大切なものであった。「囚人たちはひじょうに熱心に祈った、そして一人一人が教会へ行くたびにとぼしい心ばかりの燈明代をあげたり、寄進箱に入れたりした」（第二部　五　夏の季節）と書かれている。

ドストエフスキーは、このように、神を信じる民衆と出会ったが、これは、いろいろな奇妙な人間を知ることでもあった。意志、努力とは無縁の美しい若者シロートキン、凶暴な酒屋ガージン、体は虚弱なのに、いかなる肉体の苦しみも克服できる、心が鉄のように強いオルコフ、その気になったらどんな障害も乗り越えてしまう命知らずの男ペトロフ、聖書を使ってロシア語を教えてあげた、異民族の純情な美少年アレイ、秩序を重視する極めて几帳面な男アキム・アキームイチ、嘘をついても人を売る密告者Aなどで、他にも興味深い男たちがたくさん登場する。

これらの人物は、ドストエフスキーの後期小説の作中人物のモデルとなっている。聖書を熱心に読み苦しみを受けることを求めた囚人は、『罪と罰』（一八六六年）のミコライ、老旧教徒は、その笑いや信仰の点で、『未成年』（一八七五年）のマカール老人となる。アレイは、陰りがない点で異なってはいるが、『カラマーゾフの兄弟』のアリョーシャを思い起こさせる。が、オムスクで出会った人たちでドストエフスキーを最も惹きつけたのは、理性によってではなく自分の内なる衝動に忠実に生きる者たちであったと思われる。シロートキン、ペトロフといった「首尾一貫性のない存在」である。『地下室の手記』（一八六四年）の主人公、『罪と罰』のラスコーリニコフ、『未成年』のアルカージイ、ヴェルシーロフ、『カラマーゾフの兄弟』のドミートリーなどに生きることとなる。ただ、それらの人物は、ドストエフスキーと別人というわけではない。ジッドが、一九二二年、『ヴィユー＝コロンヴィエ座における連続六回講演』の「一回目の講演」で、ドストエフスキーについて、「彼は無我夢中で作品に自分を捧げました。自分の著書の作中人物の一人一人と一体化しました。それゆえに、彼らの一人一人の中に彼を認めることができるのです」と言っているように、ドストエフスキーは、モデルがいても、作中人物に自分を投げ出し、その人物に成りきる。このことにより、作中人物はドストエフスキーの中から生み出された。それでいて、彼らは作者から独立している。作者の操り人形ではない。

父親殺しの無実の罪で懲役刑を受けた男については、『カラマーゾフの兄弟』の物語を組み立てる際に参考にされるということはあったと思われる。

笞刑に携わる人間の残虐趣味への注目も看過することはできない。刑吏は囚人への笞刑を嫌々やっているのではなく、その仕事を楽しんでいることを、ドストエフスキーは見抜いたのである。「わたしが言いたいのは、どんなりっぱな人間でも習慣によって鈍化されると、野獣に劣らぬまでに暴逆になれるものだということである。血と権力は人を酔わせる」（第二部　三　病院（つづき））と書いている。彼は、オムスクで笞刑に携わる人間の嗜虐性を洞察し観察したことで、後期の作品で人間の嗜虐性を探求するようになる。

ドストエフスキーは、最初の妻マリアや若い恋人スースロワとの関係から学んで、サディズムやマゾヒズムに捕らわれた人物を描くようになるが、それは愛情の変形であるので、この嗜虐性とはいくぶん趣きを異にしている。ただ、『永遠の夫』（一八七〇年）における、血が通っていないと思われる、自分の娘リーザを責め苛むトルソーツキイにおいては、シベリアで学び取ったものと、男女体験から得たものが絡み合っているように思われる。彼は、リーザを愛しているのに、苛めざるをえないのだった。

一人になれないこと、強制労働は辛いことだった。より正確に言えば、自由がないことが、囚人には最も耐え難く思えた。したがって、囚人たちは、自由を求めて、仕事を持ち、金を儲けて、たまにはその金で酒を飲まざるをえなかった。ドストエフスキーは、空想的社会主義のサークルに通っていた頃、「地上の楽園」に自由も希求していたが、これほど切実ではなかった。『家主の妻』では、ムーリンは、「この弱い人間に自由を与えてごらん、せっかくの自由をしばり上げて、返しに来るんだから」（第二部　３）と言ったが、自由の問題は、『死の家の記録』で自由がないという体験を記録した後、『地下室の手記』、『カラマーゾフの兄弟』の「大審問官」で探求することとなる。

ゴリャンチコフは、労働と運動で心身を健康にしようとしたので、「なかば廃人同様」になることはなかったと言う。しかし、病気になったためと囚人の憎悪を避けるために病院に入院したと書いており、そこで見聞したことが詳述されている。一八五四年二月二十二日の兄ミハイルへの手紙で、ドストエフスキーは、オムスク監獄で癲癇の小発作をまれにではあるが起こしたことを明かしている。シベリア以前でも、友人の医師ヤノフスキイが彼の体の異常を癲癇の発作と診断するということはあった。癲癇の発作は、その後、ドストエフスキーを苦しめ続けるものの、作品を構成する重要な要素となり、彼に作品を書く力を与えることにもなるのだが、シベリアではっきりと自覚されるようになったのである。

バフチンが指摘している、ドストエフスキーの「ポリフォニー」は、シベリア流刑により小説家としては時間が停止した八年間を取り戻すように、とにかく表現したいという激しい情熱で、一つの作品に多くのことを盛り込もうとしたことに起因していると見なすこともできる。五大長編の「カーニバル」的場面も、オムスク監獄での共同生活に起因している。

ドストエフスキーは、一九三九年八月十六日の兄ミハイルへの手紙で、「人間は神秘です。この謎を解かなければなりません。そしてそのために一生を費やしたとしても、時間を空費したとは言えません。ぼくはこの謎に取り組んでいます、なぜならぼくは人間になりたいからです」と書いたが、シベリア体験は、青春期のこの願望を実現に向けて大きく前進させる原動力となったと言うことができる。

3 『伯父様の夢』、『ステパンチコヴォ村とその住人』、『虐げられた人びと』

ドストエフスキーは、一八五四年二月でオムスクでの懲役を終えた後、三月にセミパラチンスクの国境警備隊に編入される。そして、四年間の兵役を終えた後、一八五九年に二編の喜劇的な小説、『伯父様の夢』と『ステパンチコヴォ村とその住人』を発表し、一八六一年には、兄ミハイルと始めた雑誌「時代」に『虐げられた人びと』を連載した。これらの作品は、シベリア体験から影響を受けているのか。五大長編などにつながるものはあるのだろうか。

『伯父様の夢』では、貴婦人マリヤ・アレクサンドロヴナが、老い先短い大金持ちのK公爵と自分の娘ジーナを結婚させようとする。その財産を狙ってのことである。ジーナは最初は拒否するが、恋人ワーシャの病気を治す金を得るために、それを受け入れる。しかし、この結婚は、自分の利得を考える人たちから妨害され、ついには、ジーナが結婚話は打算によるものであることを告白して、成立するには至らない。ワーシャは、死を前にして、「ぼくは、絶えず夢をもち、いつも幻を追ってきた、ぼくは、生きるというより傲慢に構えていた、群衆を軽蔑していた、だが、ぼくには人に誇れる何があったろう。ぼくにもわからない。心の清らかさか、高貴な感性か。たしかに、すべては夢想のなかにあった、ジーナ、二人がシェイクスピアを読んでいたあいだは」（第15章）と言うが、ここには、ドストエフスキーがオムスクで民衆を知ったことの影響が存在する。「現代の偽りの一つ」で、ドストエフスキーは、「われわれペトラシェフスキー・グループの人間は、処刑台の上に立ち、いささかも後悔することなく、われわれに対する宣告に耳を傾けたのであった」と書き、「何年にもわたる流刑も、苦しみもわれわれをくじきはしなかった」と付け加えた後、心情を変えさせたのは、「民衆との直接の接触」、「共通の不幸の中における、民衆との兄弟的結合」であると述べている。『死の家の記録』に記されているように、民衆の囚人は貴族の囚人を決して仲間と思わないのであるから、ペトラシェフスキーのサークルに通っていた頃にドストエフスキーがなそうとした、西欧から学んだことを民衆に知らせるという行為は意味のないものとなった。そのことを痛感したドストエフスキーは作家として、信仰のある民衆に活路を求めることになるのである。

なお、ジーナと老公爵の結婚話は、『未成年』において、アルカージイの異母姉アンナとソコーリスキー老公爵のそれに受け継がれることとなる。

『ステパンチコヴォ村とその住人』では、フォマが、居候であるにもかかわらず、エゴール・イリイチ・ロスターネフ大佐の異常な人の良さにつけ込んで、横暴な専制君主のように振舞う。彼は、挫折し傷ついた男で、非常にひがみっぽい。自分を立派な人間だと思い込む偽知識人で、民衆を馬鹿にしている。厚顔無恥である。フォマは、自尊心故に愚かなことをするという点で、『地下室の手記』の主人公に通じるが、自意識が希薄なことでは、彼と異なっている。

大佐は、心根の優しい、極めて善良な人間であるという点で、『白痴』（一八六八年）のムイシュキン公爵の先駆けであるが、ムイシュキン公爵と違って、洞察力のない、明るくて陰りのない男である。彼は、語り手の若者と同様夢想家で、四十年代のユートピア社会主義者を思い起こさせるところがある。

フォマは、最後は、家庭教師の娘への大佐の純粋で激しい愛情を前にすると、二人を引き裂くことを止めて、結婚を認める道を選ぶ。お蔭で、彼は、追放されることなく、最後まで村に留まることができた。

この小説では、大佐は善良な男なので、この村では革命は必要ではない。そこに、空想的社会主義者ドストエフスキーが夢見ていたものの屈折した影響を読み取ることができる。人物の造形において、その後の作品の作中人物につながるものを持っていることと、「カーニバル」的な場面が存在することで、五大長編の先駆けとなっている。

『虐げられた人びと』は悲劇的な長編小説である。語り手ワーニャは小説家で、ドストエフスキーの、小説家としての体験が活かされている。また、ナターシャの恋人で、純情な面もあるものの自分勝手な青年アリョーシャは、理想主義者の青年たちのサークルに通っているのだが、そのサークルについて、「言論の自由とか、今始まりかけている改革のこととか、人類愛とか、現代の社会運動家とか、そういうことを語り合い、研究したり、本を読んだりするんだ」（第三部　第二章）と言う。彼がナターシャを棄てて人生の伴侶にするカーチャも、その仲間である。アリョーシャのような、克己心も洞察力もない、利己的な男が賞賛するサークルは、作品中重要な役割を担わされていないし、読者に良いものと思われることもない。また、愛情豊かなワーニャは、ナターシャにおいても孤児で癲癇持ちの少女ネリーにおいても、その尽力が功を奏することなく、死を迎えることになる。ナターシャも、自分を犠牲にしてもアリョーシャを幸せにしようとするが、その心が報われることはない。この作品では、愛する人を幸せにしようと力を尽くす人間が、不幸に沈むこととなる。ただ、この小説は、話が展開する時期の異なる二つの物語から組み立てられており、作中人物の生きる場がいくつもあるのに、作中人物が絡み合うようになっている。そこには五大長編の複雑な構造の芽生えを認めることができるのである。

4 『冬に記す夏の印象』と『地下室の手記』

ドストエフスキーは、一八六二年六月から八月末まで、最初の外国旅行を行う。そして、一八六三年に『冬に記す夏の印象』を「時代」の二月号と三月号に発表し、イギリスについては、科学技術、水晶宮、「富める者の宗教」、フランスにおいては、ブルジョア、金銭への執着を批判している。この西欧旅行で、エゴイズムの原理が横行していることを知り、西欧に幻滅した。そして、ドストエフスキーは、『地下室の手記』（一八六四年）を書くことになる。この作品では、チェルヌイシェフスキー（一八二八―八九年）の小説『何をなすべきか』（一八六三年）が攻撃されている。チェルヌイシェフスキーは、人間は自分の利益になるように生きる存在であるという前提のもと、自分の利益になるように行動すれば自分も隣人も幸せになるような社会を建設することが肝要であること、そのためには革命を起こす必要があることを検閲を考慮して暗示的に主張した。これに対して、『地下室の手記』の主人公は、人間は自分の不利益になっても欲求を通す、不合理なこともやる存在であると断言して、チェルヌイシェフスキーの功利主義、決定論を激しく批判する。チェルヌイシェフスキーが理想郷として求める「未来の理想の共同住宅」を意味していると思われる「水晶宮」を、彼は拒む。

チェルヌイシェフスキーは、フォイエルバッハの影響を大きく受けた思想家であるが、フーリエの空想的社会主義も踏まえていた。ドストエフスキーはシベリア以前にもフーリエの「共同生活体」について批判的に語っていたという証言が存在するが、裁判記録は別として、このことについて当時彼が書いたものが存在しないので、はっきりとしたことは分からなかった。少なくとも、『地下室の手記』以降は、ドストエフスキーは、チェルヌイシェフスキーが影響を受けたフーリエの「共同生活体」を否定している。「地上の楽園」実現への願いは捨ててはいないが、空想的社会主義に期待をかけることは、ドストエフスキーにとって、もはや不可能なことなのである。そして、社会主義への反感は、二人目の妻アンナとの、一八六七年の西欧旅行で決定的になる。八月にジュネーヴで開催された平和国際会議の会合に出席して、「政治的社会主義」の危険性を痛感したのである。反ロシア帝国、福音書・キリスト教の否定、宗教の不用、暴力革命、財産の没収と共有といった主張を聞き、ドストエフスキーは憤慨する。そして、彼は、「ロシアのキリスト」に希望を託すようになる。一八六九年三月十八日のN・N・ストラーホフへの手紙で、「ロシアの使命の最終的な本質」について、「この本質は、全世界に向かって、世界には知られていないロシアのキリストを目に見えるものにすることにあり、その本質の起源はわがロシアの正教の中にこそひそんでいるのです。私の考えでは、この点にこそわれわれの未来の文明発展と、たとえば全ヨーロッパの蘇生の全本質が、われわれの力強い未来の存在の全本質があるのです」と、また一八七〇年十月九日のA・N・マイコフへの手紙では、「ロシアの使命のいっさいは正教の中に、東方からの光のなかにあり、その光は西方において、キリストを失い、盲いてしまった人類へとひろがっていくのです。西方の不幸のいっさい、一つの例外もなくそのいっさいは、ローマ教会とともに彼らがキリストを失ってしまい、その後、キリストなしでもやっていけると決めてしまったことに発しています」と書く。ドストエフスキーによれば、西欧は、カトリックのせいでキリストを失い、没落してしまったので、ロシア正教に起源を持つ「ロシアのキリスト」を知らしめて、西欧を救うのがロシアの使命なのである。

ろうか。

5　五大長編と空想的社会主義信奉及びシベリア体験

空想的社会主義への傾倒、シベリア体験は、ドストエフスキーの五大長編にどのような影響を与えているのだろうか。

『罪と罰』において、ラズミーヒンは、人間の「数学的頭脳」が考え出した社会システムは「あっという間に公正で無垢な社会」を作り犯罪はなくなるという、社会主義者たちの見解を否定的に紹介する。また、無能な若者レベジャートニコフは、前衛的な進歩主義者であるが、フーリエの思想を説明しようとして、友人の弁護士ルージンに小馬鹿にされる。また、ルージンは、現代の社会は、新しい思想のもと、功利性が実現されるようになり、個人の利害が重要視されるようになって良い方向に向かっていると、チェルヌイシェフスキーの思想を聞きかじった男としてラスコーリニコフやラズミーヒンの前で軽薄に語っている。

ラスコーリニコフが殺人に踏み切る要因の一つに、そのような思想は無力であるという認識があったと考えられる。彼は、ソーニャに「そのうちにぼくはね、ソーニャ、みんなが利口になるのを待っていたら、いつのことになるかわからない、ということがわかったんだ……それから更にぼくはさとった、ぜったいにそんなことにはなりっこない、人間は変るものじゃないし、誰も人間を作り変えることはできない、そんなことに労力を費やすのはむだなことだ、とね」（第五部　4）と言っている。それでいて、ラスコーリニコフは、「新しいエルサレム」、神、ラザロの復活をそれぞれ信じていると、予審判事ポルフィーリイの質問に答える。「新しいエルサレム」は、ヨハネによる黙示録が語る、神の栄光に包まれた「聖なる都」（二十一章九節以下）のことであるが、空想的社会主義のサークルの青年たちがその実現を願っていた理想社会を暗示している。他方、ラスコーリニコフの殺人はドストエフスキーが若き日に恐れたスペシネフの、暴力革命で社会主義社会を実現するという考えに通じるところがあった。ラスコーリニコフは、複雑な存在なのである。

『死の家の記録』には、煉瓦運びの作業を行ったイルトゥイシ河畔について、「わたしがしばしばこの河畔のことを言うのは、他に理由はない、ただそこからは神の世界が見えたからである」（第二部　五　夏の季節）という記述があるが、これに呼応する文が『罪と罰』に存在する。ラスコーリニコフの目に入る、対岸の風景は同じ場所についてのものである。「そこでは時間そのものが停止して、まるでアブラハムとその畜群の時代がまだ過ぎていないようであった」（エピローグ　２）と書かれている。これは、ラスコーリニコフを光の方へと招く役割を果たす。

ラスコーリニコフがシベリアで民衆の囚人から嫌われることは、『死の家の記録』における、民衆の囚人と貴族の囚人との間に大きな溝があることを想起させる。ただ、『死の家の記録』において、貴族は民衆とは仲間になれないことが語られているのに対して、『罪と罰』では、ラスコーリニコフが神を信じていないことが民衆の囚人を許せない気持ちにさせるが、彼において回心がなされると、民衆の囚人の態度が変わり、彼を受け入れることとなる。

『白痴』では、ムイシュキン公爵は、エパンチン家の夜会において、カトリックの信仰について、「「まず第一に非キリスト教的な信仰ですね！」公爵は異常な興奮にかられて、度はずれた鋭い調子で、ふたたび喋りだした。「これが第一です。それから第二には、ローマ・カトリックは例の無神論よりももっと悪いくらいですよ、これが私の考えです！（中略）私の考えでは、ローマ・カトリックは信仰ですらなくて、まさに西ローマ帝国の継続にすぎません。そこでは信仰をはじめすべてのものが、この思想に支配されているのです。法王はこの地上を、この地上の玉座を掌握して、剣を取ったのです。（中略）そして最も神聖で、真実で、素朴で、焔のような民衆の感情をもてあそび、何から何までいっさいのものが、金と卑しい地上の権力に代えられてしまったのです。これでも反キリストの教義とは言えないのでしょうか！（中略）無神論は何よりもまずこのなかから、ローマ・カトリックのなかから生れたのです、彼らはどうして自分自身を信じることができましょう？（中略）あの社会主義にしても、やはりカトリックと、カトリックの本質の産物なんですからね！（中略）われわれが守ってきた、彼らの今まで知らなかったわれわれのキリストを、西欧に対抗して輝かさなくちゃならないのです！」（第四編　7）と断言する。すでに引用した、N・N・ストラーホフとA・N・マイコフの書簡の文章とほぼ同じことを語っている。

本書の第二章「『白痴』管見―その宗教性を探りつつ―」で引用した、姪ソフィヤ・イワーノワの手紙で、ドストエフスキーは、その後、「一つだけ言っておくなら、キリスト教文学中の美しい人物たちのうち、もっとも完成しているのはドン・キホーテです。しかし、彼が美しいのは、もっぱら、彼が同時に滑稽でもあるからにほかなりません。ディケンズのピクウィクも（ドン・キホーテに比して、限りなく弱い思想ですが、やはり巨大です）、やはり滑稽ですし、まさにその点ですぐれています。笑いものにされ、おのれの価値を知らぬ美しいものに対する同情が生ずるので――そのために読者の心にも共感が生ずるのです。この同情の喚起こそ、ユーモアの秘密にほかなりません」（一八六八年一月一日）と書いている。『白痴』で、「哀れな騎士」という文言がムイシュキンを婉曲に指し示すのに使われているが、セルバンテス（一五四七―一六一六年）の『ドン・キホーテ』（前編一六〇五、後編一六一五年）で、サンチョ・パンサが、戦いに敗れ、「歯が欠けてしまったのと空腹のせいで」ひどく侘しい顔に見えた主の騎士ドン・キホーテを「愁い顔の騎士」（第一部　第十九章）と呼んでいる。確かに、エパンチン家の夜会においてカトリックを激しく批判するムイシュキンには、ドン・キホーテに通じるものがある。虚構とも考えられる観念を熱狂的に信じることで、現実から遊離してしまうことから生じる可笑しみ、滑稽さがそこには存在する。が、純粋に信じるところには美しいものも感じられるのである。ドストエフスキーは、自分のうちに存する思想を極端にかつ熱狂的にムイシュキン公爵に語らせて、ムイシュキン公爵を滑稽な人物として描き出している。

このカトリック批判は、『カラマーゾフの兄弟』の「大審問官」に結実することとなる。他方、ムイシュキン公爵は、孤独に苦しむ一方で、周りの人間たちとの和合を希求するが、これはユートピア社会主義者における、「地上の楽園」実現を願う心と通底している。

『悪霊』（一八七一―七二年）は、無神論の方がはるかに強いけれども、キリストを信じることと不信仰の対立によって組み立てられているという見方も可能である。シャートフは、スタヴローギンから教わったことを信じて生きようと努めているのに、スタヴローギンが自分の言ったことに責任を持たない生き方をしていることに苛立ち、スタヴローギンに問いただす。シャートフは、「でも、あのときぼくにこう言ったのはあなただったじゃありませんか、たとえ真理はキリストの外にあると数学的に証明するものがあっても、あなたは真理とともにあるよりは、むしろキリストとともにあるほうを選ぶだろうって」（第二部　第一章　夜　7）とスタヴローギンに言うが、ほぼこれと同じことを、ドストエフスキーはN・D・フォンヴィージナ宛の手紙で書いていた。「あなたの主張では、ローマが称えたのは、悪魔の第三の誘惑に負けたキリストである、カトリックは、地上の王国なしにはキリストもこの地上に存立しえないと全世界に宣言することによって、反キリストの旗をかかげ、ひいては西欧世界全体を滅ぼしたのだ、ということでした」、「フランスは、その長い歴史を通じて、ローマの神の理念を具現し、発展させたにすぎなかった。そして、ようやくそのローマの神を深淵に投げ捨てたと思ったら、今度は無神論に突っ走った、それをいま彼らは社会主義と呼んでいるのです」といった主張は、ムイシュキン公爵のそれを受け継いでおり、「大審問官」につながるものである。「諸国民の間でただ一つの国民だけが真実の神を持つことができる」という文は、「ロシアのキリスト」のことを語っている。他方、ロシアの歴史に視点を移すと、イワン三世が、十五世紀末に、約三百年に及ぶ、タタール人による支配からロシアを解放して、モスクワを中心にして、約二百年に及ぶ君主専制独裁国家を確立するが、この時代に、ビザンチン帝国が滅亡した後、ギリシア正教の代表国はロシアだけになったので、ロシアがギリシア正教によって世界を救済するという考えが誕生した。ドストエフスキーの「ロシアのキリスト」は、これを深化徹底させたものだと言うことができる。

スタヴローギンからこれとは反対の考えを吹き込まれたキリーロフは、神を否定し自己の独立を突きつめて「人神」になろうとする男である。「恐怖を殺すためだけに自殺する者が、たちまち神になるのです」（第一部第三章　他人の不始末　8）と考えて、自殺をする。

このようなシャートフとキリーロフの造形は、新しいキリスト教としての空想的社会主義への傾倒、シベリア体験によって可能になったと見なすことができる。

四十年代の思想家ステパン氏の息子で、スタヴローギンを棟梁に担いで革命を起こそうと考えているピョートルは、かつて入会したその秘密結社を嫌うようになったシャートフを、密告を防ぐためと個人的な恨みから、「五人組」とともに殺害する。これは、大学生イワーノフが殺害されたネチャーエフ事件を元にして描いているが、ドストエフスキーが革命家スペシネフの策略にはまって暴力革命を目指す秘密結社に入会したという体験にもよっている。

また、スタヴローギンが十二歳の少女マトリョーシャが自殺するであろうと想像しながらも放置するところは、オムスクで知った、人間の嗜虐性を突き詰めたと言うことができる。

『未成年』においては、知識人ヴェルシーロフが、西欧で生きることにするが、西欧に凋落を見ているところ、「地上の楽園」が実現しない現実にぶつかりながらも理想を諦めきれずにいるところは、西欧から来た思想に希望を託して生きた者の体験に基づいている。

『カラマーゾフの兄弟』においては、シベリアオムスクで注目し観察した、人間の内に潜む嗜虐性が、「反抗」において無辜の子どもになされる残虐行為について語るイワン、残虐性に目覚めたリーザ、子どもの頃すでに動物を虐待し残虐性を露わにしていたスメルジャコフ、彼に唆されて針を含んだパンを犬に食べさせたイリューシャにおいて描かれ、探求されている。「大審問官」においては、大審問官は、弱い人間に自由を差し出させるのと引き換えに「地上のパン」を提供し、「奇蹟と神秘と権威」により生きる道を示して、罪さえも許したと言う。これはキリストを斥けてなされたことであり、「われわれは彼からローマと帝王の剣とを受けとり、自分だけが地上の帝王であり唯一の帝王であると宣言したのだ」（第二部　第五編　プロとコントラ　五　大審問官）と、自分の地上の王国を説明した。これに対して、マルケル、ゾシマ長老、アリョーシャは、キリストを信じ、精神・魂の自由を探求する。

イワンは、無辜な子どもに残虐行為がなされる、神が創造したこの世界を否定するが、ゾシマ長老は、「本当に人間はだれでも、あらゆる人あらゆるものに対して、すべての人の前に罪があるんです。人はそれを知らないだけですよ、知りさえすれば、すぐにも楽園が生れるにちがいないんです！」（第二部　第六編　ロシアの修道僧（C）俗界にあったゾシマ長老の青年時代と青春の思い出。決闘）という、兄マルケルの言葉を思い出し、それに目覚めさせられ、自分の罪を認め人に仕える生き方をする。それはキリストを信じることであり、人間たちが一体となり仲良く和合して生きる「地上の楽園」を生きることであった。それは、動物とも植物とも一体化した至福の世界でもある。これは、空想的社会主義に代わって求められるようになった境地であるが、ドストエフスキーがシベリアでキリストへの信仰を深めたことに基づいている。

6　空想的社会主義信奉とシベリア体験から

以上のように、ドストエフスキーは、空想的社会主義のための活動のせいで、シベリア流刑となり、そこで民衆と出会い奇異な人間たちも知り、その体験を五大長編の素材にしている。また、その活動があったればこそ、一八六二年のヨーロッパ旅行の成果である『冬に記す夏の印象』でパリの、ブルジョア、金銭への執着、ロンドンの、科学技術、「水晶宮」を批判した後、『地下室の手記』において、彼が若年期に抱いたユートピア思想とつながるところのある、チェルヌイシェフスキーの小説『何をなすべきか』の功利主義、「水晶宮」への批判が熾烈なものとなった。空想的社会主義のための活動が、姿を変えながらも、その後のドストエフスキーを大きく突き動かしたと言うことも可能である。

ドストエフスキーが若い頃傾倒したフーリエもジョルジュ・サンドもフランス人であった。カトリックの国フランスから空想的社会主義、ユートピア思想が生まれたのである。彼は、それには強い魅力を感じるが、その後勢力を持つようになる、唯物論的社会主義、政治的社会主義を受け入れることはできなかった。ドストエフスキーにおいては、その若年期の願望を一部分は否定し継承することが、カトリックが社会主義を産み出し、西欧はキリストを失ったので、「ロシアのキリスト」がロシアだけでなく西欧も救うという思想が意味を持つこととなった。すでに見たように、これは、イワン三世によって始まったモスクワ時代に誕生した思想に起源を持つものであった。

ドストエフスキーは、「プーシキンについての演説」（一八八〇年）で、プーシキンが民衆を理解し見事に描くことができること、さらに、その文学に存する「全世界性・全人類性」を指摘し、未来の全ロシア人が理解することとして、「真のロシア人たることは、とりもなおさず、ヨーロッパの矛盾に最終的な和解をもたらすよう努めることを意味するということを。そして、全人間的な、すべてを結合させる、自らのロシア的魂の中にヨーロッパの憂いの逃げ道があると教示してやり、兄弟的な愛をもってすべてのわれらが兄弟をその魂の中に収め、つまるところ、おそらく、すべての民衆をキリストの福音による掟に従って完全に兄弟として和合させ、偉大なる全体的調和をもたらす決定的な言葉を発するために努めることなのである！」と言っているが、この思想を改めて述べているのである。空想的社会主義に傾倒していた時代の作品である『弱い心』では、「この世にいるかぎりのすべての敵どもが、突然、何の理由もなくいきなり和解し、みんな嬉しさのあまり往来のまん中で抱き合い、それからきみのところにお祝いにおしかけてくれたら、と思っているはずだ」と、アルカージイは、結婚することになった、「弱い心」の持主である友人ワーシャの願いを説明しているが、この願いの延長線上に、この講演は存在する。

ドストエフスキーは、オムスクで、異様な人間たちを知り、それを五大長編などで描いた。シベリアで小説家として失った時間を取り戻そうとするかのように、作品中で「ポリフォニー」を実現し、シベリアで体験したものとして「カーニバル」的場面を描いた。が、ドストエフスキーがシベリアで得た最も貴重なものは、民衆を知ったこととともに、キリストにこそ救いがあるという信念であろう。この信念については、『死の家の記録』では書かなかったが、ドストエフスキーは、群衆の中の孤独に注目して、「この孤独がなかったなら、自分に対するこの裁きも、過去の生活のこのきびしい反省も、あり得なかったことであろう」（第二部　九　逃亡）と、内省的生活の効力については書いた。オムスクで「魂の領域」の問題と直面していなかったら、オムスク監獄を出た直後、N・D・フォンヴィージナ宛の手紙で、「キリスト以上に美しい、深い、共感できる、合理的な、男性的な、完璧なものは何一つ存在しない、いや、存在しないだけではなく、熱烈な愛をこめて言うなら、存在するはずもない、ということを信じるのです。それだけではなく、かりにだれかが、キリストは真理の外にあることをわたしに証明し、また、真理がキリストの外にあることが実際であったとしても、わたしとしては、真理とともにあるよりもキリストとともにとどまるほうが望ましいでしょう」（一八五四年二月）と書くことはなかったはずである。『カラマーゾフの兄弟』のドミートリーの、「流刑囚は神なしには生きていかれないからな、流刑囚じゃない人間より、いっそう不可能だよ！」（第四部　第十一編　兄イワン　四　讃歌と秘密）という言葉は、『死の家の記録』で語られることはなかったが、ドストエフスキーにオムスク流刑体験がなかったら、ドミートリーがこのように語ることはなかったであろう。また、「わたしは世紀の子であり、今日にいたるまで、いや、棺の蓋が閉ざされる時まで（わたしにはそれがわかっているのです）、不信と懐疑の子です」とも、ドストエフスキーはこの手紙で書いた。

ドストエフスキーは、オムスク監獄で確信したこれらのことを、その小説で実践したのである。『罪と罰』のマルメラードフとソーニャは、その悲惨な状況をキリストとともに生きた人たちであった。『カラマーゾフの兄弟』のアリョーシャは、如何なる環境に身を置こうとも、キリストとともに生きる人物である。ゾシマ長老においては、キリストを信じることにしか人類が生きる道はない。キリストが人類を和合させるし、人類を苦しみから救うのである。ロシアの民衆の信仰がそれを成し遂げる、と彼は言う。

「不信と懐疑の子」でもあったドストエフスキーは、キリストへの信頼がある故に、神を信じて生きることのできない者の苦しみ、人間の嗜虐性も豊かに探求することができた。その代表的な人物は、『悪霊』のスタヴローギンであり『カラマーゾフの兄弟』のイワンである。そこには、まさに闇があるが、キリストという光が存在するので闇を探求することができるというようになっている。それは、完全な闇ではなく、光が背後に感じられる闇であった。

第八章

〈キリスト教文学の可能性 ― 価値体系の境界を越えて〉

ジッド、サン＝テグジュペリ、カミュ ―― アフリカ体験を中心に ――

1　越境の作家たち

ジッド、サン＝テグジュペリ、カミュは、フランス人にとって辺境の地、アフリカで文学者としての自分の道を発見した。彼らは、キリスト教教義を受け入れることはせず、いわゆる信仰者ではなかったが、多かれ少なかれイエスへの思いが彼らの文学に力と深みを与えたという側面が存在する。ジッド、サン＝テグジュペリ、カミュという三名のフランス人作家は、越境により、どのようにして自分の文学を創造したのか。そこに見いだすことのできる、キリスト教文学の可能性はいかなるものであろうか。

2　ジッドとアフリカ

ジッド（一八六九―一九五一年）は、厳格なプロテスタントである母親に育てられた。十代の半ばには、聖書を読み出すと、夢中になっている。旧約聖書は文学作品を読むような気持ちもあったが、福音書が説くものは、後に結婚することになる従姉マドレーヌへの愛情を説明するように思われた。福音書が語る愛は、マドレーヌに対する、自分の感情と同質と思えたのである。福音書における、隣人への愛情が肉体的なものではなく精神的なものであること、憐れみの念を具体化しつつ生きることが奨励されていることに注目した。当時、ジッドは、プロテスタンティズムの禁欲的な教えを福音書の教えとして受け入れていた。そこから、恋愛に肉体的なものではなく魂と魂の結びつきを求めて挫折する物語、『アンドレ・ワルテルの手記』（一八九一年）が生まれることとなった。が、彼は行き詰まっていた。肉体が騒ぎ出し、精神にも変調をきたすのを感じるのであった。『アンドレ・ワルテルの手記』は、それを作品化したのだった。

それで、ジッドは、一八九三年に、アフリカに旅立つことにする。この越境によって、アフリカの自然の中で欲望を解放し、自分の生きる道を見つけた。それは、自然との合一による歓喜の体験であり、また、少年との関係で欲望を解放した。これは、禁欲の否定であり、罪の体験であった。マドレーヌとの関係は精神的なものに限ることを確認することでもあった。

だが、イエス・キリストへの思いを失ったわけではない。ジッドは、アフリカを旅した後に書かれた「キリスト教的倫理」で、アフリカ体験から得たものについて、「私は、まもなく人はキリストの言葉を解き放ち、キリストの言葉が今まで以上に解放的に見えるようになると思う。キリストの言葉は、隠されている部分が少なくなれば、より劇的に姿を現わすようになるだろう。そして、結局は家庭を否定し（人は、キリストの言葉を拠り所にして家庭を廃止するようになるのだ）、個人的な道に進むようにするために人間をその環境から引き抜き、キリストの例とキリストの声によって地上に所有する物はもはやなく、頭を休める場所ももはやないことを人間に教えるであろう。おお、このような「放浪状態」の到来！　私の魂すべてが、お前を望んでいる！」と書いている。福音書に解放・放浪への誘い、家庭の否定を読むようになったのである。ジッドは、この越境体験で、パウロの教えによって生きることはできないということを明確にした。彼は、このような状態をもたらすものについて、「キリスト教的倫理」の上記の文章の前で、「私は、プロテスタント教会が、教会の位階制度を退けながらも、同時に聖パウロの重苦しい諸々の制度や彼の書簡の独断的主張をも退けて、もはや福音書だけにしか依拠しないようにしなかったことに驚くのである」と書いている。パウロは自分の後半生の全てをキリストに捧げた男であり、律法を守ることではなくキリストを信じることを説いたのではあったが、ジッドは、キリスト教教義、教会の教えはパウロの書簡によっているので、パウロのせいで、イエス・キリストの教えと、キリスト教教義、教会の教えに断絶が生じるにようになったという考えを明示している。

ジッドは、アフリカ体験の成果を、『地の糧』（一八九七年）、『背徳者』（一九〇二年）に結実させ、さらには、『狭き門』（一九〇九年）、『法王庁の抜穴』（一九一四年）、『贋金つかい』（一九二六年）といったジッド独自の優れた文学作品を創造することとなった。また、ジッドは、『汝もまた……』（一九二二年）では、福音書でキリストが語る「永遠のいのち」は、未来のものではなく、即座に到達できる「現在の境地」であると力説しているが、これは、アフリカにおける自然体験により可能になったのである。

ただ、これらの創造は、アフリカ体験だけで可能になったのではない。アフリカへと越境する前に、聖書を自分の恋愛と絡めて読み込んだことと、ドストエフスキーを読み始めたことにもよっている。ジッドは、一八九一年に『罪と罰』、一八九三年に『虐げられた人びと』、一八九六年に『白痴』と『カラマーゾフの兄弟』を読んでいる。その後、日記にドストエフスキーに関する記述が見受けられるようになり、一九〇八年に「書簡集を通して見たドストエフスキー」、一九一一年に「『カラマーゾフの兄弟』」、一九二一年に『ドストエフスキー生誕百周年を記念してヴィユー＝コロンヴィエ座において朗読された小講演』と、ドストエフスキーについて語るようになる。『法王庁の抜穴』（一九一四年）で、動機のない行為である「無償の行為」を行うラフカディオという、反社会的反宗教的という意味で純粋な人物を創造したが、そこには、ドストエフスキーの『罪と罰』のラスコーリニコフの影響を認めることができる。また、一九二二年、『ヴィユー＝コロンヴィエ座における連続六回講演』では、ドストエフスキーの文学の作中人物において神を否定する傲慢な存在と神を信じる謙虚な存在が多様に存在することを分析し、『白痴』のムイシュキン公爵、『悪霊』のキリーロフが「永遠のいのち」という至福を体験することに注目し詳述した。これは、いわゆるキリスト教教義とは異なるところでイエス・キリストの教えを受け入れることが可能であることを示す試みであった。

サルトルが、「生きているジッド」（一九五一年）で、「ジッドが私たちに示す最も貴重なものは、神の断末魔の苦しみと死を最後まで生きようという決意である」と、ジッドを見事に評している。ジッドが無神論者として自己の考えを論理的に構築していくことをせず、キリスト教に反抗しながらも、イエス・キリストへの尊敬の念を持ち続けたことによって、ジッド独自の文学を生み出すことができたと見なすことができる。ドストエフスキーに倣って、自己の内なる矛盾を否定せずに矛盾に誠実に生きたことが彼独自の文学を作ったのである。

ジッドは、聖書を読み込んだ後、越境によるアフリカ体験によって自分の中に存する二面性・複雑性を肯定し、さらに、ドストエフスキー研究で、ドストエフスキーの文学における、神を否定する「超人」・無神論者とイエス・キリストへの信頼という、二面性・複雑性、矛盾を探求することによってジッド独自の文学を創造するための準備をし、実際に、越境によるアフリカ体験を文学化することによって、自分の道を歩き始めたのである。

3　サン＝テグジュペリとアフリカ

サン＝テグジュペリ（一九〇〇―四四年）は、信仰心の厚い、母や大叔母の傍らで、その信仰は幼いものであるとしても信仰者として育った。だが、彼は、処女作『南方郵便機』（一九二九年）においては、そのような少年時代の自分と訣別している。

『南方郵便機』は、アフリカで飛行士になったベルニスが、少年時代の女友達ジュヌヴィエーヴと再会することが物語の中心となっている。ジュヌヴィエーヴについては、「あなたは、菩提樹や、柏や、群れをなす家畜たちと沢山の契約を結んでいたので、私はあなたを彼らの女王と呼んでいたのだった」（第二部　第一章）とあるように、自然と一体化した存在であり、まさに「住む者」だったが、今は結婚をしていた。このジュヌヴィエーヴと再会するために、ベルニスはパリに戻ってきて、ジュヌヴィエーヴとの逃避行に活路を見出そうとするが、失敗することになる。この作品において読み取ることができるものとしては、ジュヌヴィエーヴが「永続性」のある家具を求めたことに存する、「永続性」への希求、ジュヌヴィエーヴと再会するための旅から郵便飛行に戻ったベルニスが死に至るという展開に郵便飛行に十分には生き甲斐を見いだすことができないということがある。また、失恋の後生きる糧を求めてベルニスがノートルダム大聖堂に入り説教を聞くが、そこでは生きる糧を見いだすことができなかったことも注目すべきことである。これ以降、サン＝テグジュペリの作品に、いわゆる教会が描かれることはなく、そこに生きる糧を求めないという姿勢は、最後まで貫かれることとなるのである。

次の作品『夜間飛行』（一九三一年）は、南アメリカが舞台であり、チリ、パラグアイ、パタゴニアから、三つの便が、アルゼンチンのブエノス・アイレスに向かっている。陸路による場合より早く着くように夜間飛行で郵便物を運ぶというこの業務を、ブエノス・アイレスで監督のリヴィエールが指揮している。リヴィエールは、飛行機の性能が低く事故が発生しやすいという事態に対応し困難を乗り越えて行くために、飛行士や地上の職員に厳しい規律を課す。彼は、パタゴニア便が、サイクロンに会って遭難したのに、ヨーロッパ便へのチリ便とパラグアイ便の接続を延期しないということに勝利を求めようとするが、その記述には、平凡な生活に存する幸福よりも、インカ帝国の神殿の「永続性」を模範として郵便業務のほうを優先させるという、リヴィエールの生き方への賞賛が存在する。「リヴィエールは、彼の厳しい眼差しを避けて体を屈めている職員たちの間を、仕事へと、ゆっくりとした足取りで戻って行く。重い勝利を手にする、偉大なリヴィエール、勝利者リヴィエール」（第二十三章）と、リヴィエールを勝利者として描くことで、この小説は終わりを告げている。しかしながら、リヴィエールは、飛行士だけでなく、地上勤務の者たちにも、空の業務を行う者として仲間意識を抱いているものの、それは充分には理解されることがなく、孤独な営みとなっている。

この二つの作品を名作と評することはできるものの、何か吹っ切れないものが感じられる。何かが欠けているという思いに捕らわれることにもなる。

ところが、『人間の土地』（一九三九年）において、大きな変化が訪れる。それは、郵便飛行士としてフランスからアフリカに越境し、サハラ砂漠で「磁極」と出会ったことが、『人間の土地』に記されていることによる。「磁極」の発見は、サン＝テグジュペリの文学において、極めて重要な画期的な出来事であった。

第四章「飛行機と地球」で、砂漠に不時着したとき心に浮かんだ、いままでの生活において大切だったものについて、「磁極」という言葉を使って、「私は、自分の状況についてじっくり考えてみた。私は、砂漠で道に迷い、砂と星の間で何も持たない状態で危険に晒され、あまりに多くの沈黙によって私の人生の磁極から遠く離れさせられていた」（4）と述べている。そして、サハラ砂漠で一夜を明かすことになったとき、子どもの頃の庭園、家、老いた家政婦が「磁極」と意識され、彼の目の前に立ち上がって来たことが紹介されるのである。眼前に姿を現わした、少年時代の家や庭園について、「どこかに、黒い樅と菩提樹に覆われた庭園と、私が愛していた古い家があった。その家が遠く離れたところにあるか近くにあるかは、どうでもよいことだった。また、その家が、ここでは夢想の役割しか果たすことができなくて、私の肉体を暖めることも、私を守ることもできなくても良かった。私の夜をその現前でいっぱいにするためには、その家が存在しているだけで良かった。私は、もう砂の広場の上で座礁したあの肉体ではなかった。私は、自分の方向を定めていた。その家の子どもだった」と書くのである。このとき、「磁極」である現実の家や庭園は目の前には存在しないが、あたかも存在しているかのように感じられた。庭園、家、老いた家政婦は、「磁極」と意識され、砂漠の夜を実際に、その「現前」で満たしていたのである。少年時代の庭園、家、家政婦は、目の前に存在していなくても、彼に生きる喜び、力を与えてくれた。それらが実際に目の前にあったら、「磁極」として機能しないのだった。そのとき、少年時代の家は、

「磁極」として、実際に肉体を暖めてくれなくても、心を暖めてくれたのである。

第六章「砂漠の中で」では、「内面の拡がり」についても、語られることになる。「しかし私たちは、今日、渇きを知ることになった。そして、今日初めて、私たちは、私たちが知っていたこの井戸が『内面の拡がり』の上で光り輝いていることを発見するのである」（1）と言っているが、井戸に関して、人の心に「内面の拡がり」が発生しているということは、井戸が「磁極」となっているということを意味する。

「磁極」として機能するということは、自分の心の中にそれに対する、愛情の拡がりである「内面の拡がり」が存在していることになる。そして、自分の目の前には、目には見えないが、「磁極」があたかも存在するように感じられる「現前」が存在するのである。「磁極」は、自分にとって大切なものであるが、自分から遠く離れたときに、「磁極」として意識されるのである。

むろん、対象が「磁極」となるためには、遠くはなれているだけで良いというものではない。まず自分にとって濃密な体験があって、その後で可能になるのである。したがって、何でもないようなことでも、それが人の心を捉えたら、それは「磁極」となりうるのである。

実際に「磁極」という言葉が使われることがなくても、『人間の土地』においては、「磁極」に向かって生きる人間を描いた小さな物語は、精彩を放っている。尊敬する同僚ギヨメの、アンデス山脈での雪山遭難からの生還の話については、七日間、死体が発見されない場合は五年間保険が妻に降りないことを考えて、寒さ、凍傷、飢え、眠気、心臓などの機能低下といった肉体的苦痛に耐えながら、妻という「磁極」に向かって歩き続けたという言い方もできる。また、パリとサイゴン間の最短記録更新で賞金を得ようという試みの途中、不時着したリビア砂漠から生還する話も、リビア砂漠は、サハラ砂漠よりもずっと乾燥しており、十九時間水を摂取しないと死亡するという過酷な状況下、サン＝テグジュペリが、機関士プレヴォーとともに、妻や同僚といった「磁極」と再会するために、その「磁極」のために、水を求めて歩き続けたことが物語られている。

奴隷老バルクは、他の奴隷が人間としての尊厳を失ってしまったのに、生まれ故郷や家族といった「磁極」を忘れずに、生まれ故郷に帰らせてくれと、サン＝テグジュペリに助けを求める。サン＝テグジュペリは、その思いに心を動かされた。彼の尽力のお蔭で、奴隷老バルクは、生れ故郷という「磁極」へと帰って行く。

また、「磁極」を心に抱いて生きるというのは横のつながりを持つことになるということにも留意したい。第八章「人間たち」において、「経験に教えられることだが、愛するというのは、決して互いに見つめ合うことではなく、同じ方向を一緒に見つめることなのである。再び一緒になる同じ頂きに向かって、同じザイルを使うグループの中で結びつくということがある場合にしか、同僚ではないのだ」（3）と書いている。「磁極」を心に抱いて生きることが、構成員につながりがある「共同体」を形成することになるのである。メンバーがばらばらである集団と違って構成員が相互に結びついた「共同体」は、『人間の土地』以降、サン＝テグジュペリの心を捉え続けた。

『人間の土地』において、ギヨメという尊敬する同僚について、「共同体」のメンバーに対する責任を知っていること、「共同体」の仲間の勝利を自分のこととして喜ぶことができること、「共同体」の同僚との友情を築くことができることが仕事の意味であり、物質的な富のために働くのではないことが力説されているが、このような「共同体」の重視は、「磁極」の発見がなければ可能ではなかったと言っても過言ではないであろう。

このように、サン＝テグジュペリにとっては、『人間の土地』における、「磁極」、「内面の拡がり」、「現前」の発見は、活路を開くものとなるのである。

『人間の土地』には、他にも、サン＝テグジュペリにとって貴重な体験が書かれている。それは、一九三五年にリビア砂漠に不時着し、水を求めて機関士プレヴォーと砂漠を歩き、間もなく命を失うことになると思われたとき、ベドウィン人に助けられる体験である。このベドウィン人について、「これは一つの奇跡だ……。海の上を歩く神のように、彼は、砂の上を私たちの方へと歩いて来る……」（第七章　砂漠の真ん中で　7）と記している。マタイによる福音書一四章二五―二六節、マルコによる福音書六章四八―四九節、ヨハネによる福音書六章一九節において、イエスが湖・海の上を歩いたことが書かれている。サン＝テグジュペリは、そのとき、福音書における、イエスが湖・海の上を歩くという記述を思い起こし、自分を救ってくれることになるベドウィン人について、このように書いたのである。彼は、さらに、この体験について、「水よ、君には、味も色も香りもない。人は君を定義することはできない。君が如何なる存在であるかを知らずに、人は君を味わう。君は生命に必要というのではない。君は生命そのものなのだ。（中略）

しかしながら、リビアのベドウィン人、私たちを助けてくれた君については、私の記憶から永久に消えてなくなってしまうだろう。私が君の顔を思い出すことは決してないだろう。君は「人間」だ。そして、君は、同時に全ての人間の顔を持って私に現れるのだ。君は、決して私たちの顔をじっと見つめることをしなかった。それなのに、あれだけで私たちと分かったのだ。君は最愛の兄弟だ。それで、今度は、私が、全ての人間の内に君を認めることになるのだ。

君は、気高さと厚情に包まれて、飲み物を与える力を持つ「偉大な主」として、私に姿を現わす。私の友が皆、私の敵が皆、君の中に入って私の方へと歩いて来る。それで、私には、もうこの世界に、たった一人の敵もいないのだ」と書いている。サン＝テグジュペリは、死が間近と思われるときに出会い、水を飲ませることによって自分を救ってくれたベドウィン人に味方だけでなく敵さえも見るようになったので、自分にはもう敵はいないと言うのである。サン=テグジュペリは、ここで自分の体験を宗教的とも言える体験として語っている。意識的にイエス・キリストを信じて生きようとしていなくても、幼い時に親しんだ聖書がサン=テグジュペリの魂の中に染み込んでおり、人生の重要なところで宗教性が姿を現わすのである。フランスのサン=テグジュペリ研究者アンドレ・ドゥヴォーは、『サン=テグジュペリ』において、「サン=テグジュペリは、イエス・キリストへの友愛の念を失ったことに対して哀惜の念を抱くことはないが、神への郷愁を抱くようになるだろう」（I　神の手をのがれて）と書いているが、必ずしもそうとは言えないのではないだろうか。

『戦う操縦士』（一九四二年）では、以上述べたことが受け継がれ、探求されている。当然の帰着のように、「犠牲」ということが探求されることになる。

『戦う操縦士』の語り手である、偵察飛行士のサン=テグジュペリ大尉は、アラス上空で、偵察写真を取ってくるようにという任務を受ける。フランスは、第二次世界大戦が始まって間もなく、実質的にはナチスドイツに敗北した状態にあり、極めて危険な任務をうまく成し遂げて、偵察写真を撮って帰っても、それを戦いに役立てることはできないという不毛な任務であった。そんな中、語り手サン=テグジュペリ大尉は、彼が幼い頃家政婦をしていたポーラを思い出す。ポーラを心に思うことで、死の恐怖から自分を守ることが語られることとなる。そのとき、ポーラは、彼にとって「磁極」として機能していた。だが、「私は「内面の拡がり」の感情を失ってしまった。「内面の拡がり」に対して盲目になっている。しかし、私は、「内面の拡がり」に対して渇きのようなものを感じている」（第一四章）と言う。「内面の拡がり」とは、「磁極」によって心の中に発生するものであった。したがって、「内面の拡がり」の感情を失うということは、「磁極」が「磁極」として働かないということである。「磁極」が成立するためには、自分にとって濃密な体験が必須であったが、このことについて、「偶然が愛を目覚めさせるとき、その愛によって人間の中で全てのものが整えられる。そして、その愛がその人間に「内面の拡がり」の感情をもたらすのである」と述べている。「内面の拡がり」を構成するものは、恨みや憎しみといった悪感情ではなく、愛情であることが明確にされている。サン＝テグジュペリは、この作品の後半部で、「犠牲」という行為の重要性を力説することになるが、ここでは、体を動かすことがなくても、その存在が対象へと傾ける生の重みを評価して、「祈っているドミニコ会修道士には濃密な現前が存在する。彼は、そうしてひれ伏しじっと動かないでいるとき以上に人間であることは決してないのである。顕微鏡の上で息を止めているパストゥールには濃密な現前が存在する。パストゥールは、観察しているとき以上に人間であることは決してない。そのとき、パストゥールは、前進している。そのとき、彼は急いでいる。そのとき、この男は、じっと動かないけれども、巨人が歩いて行くように進んでいるのだ。そして、彼は「内面の拡がり」を発見する。したがって、自分が書いた素描に向かって、じっと動かずに沈黙しているセザンヌも、この上なく価値のある現前を持っているのである」と述べて、対象に対する姿勢の真摯さから生じる「現前」を重要視するのである。偵察飛行という任務とは別のところに、「現前」を見ている。

そして、サン＝テグジュペリ大尉は、現在の任務に意識を戻すと、やはり、この出撃に意味を見いだすことができない。「犠牲」は尊いものと頭では分かっていても、偵察飛行という、「犠牲」の行為を受け入れることはできない。そんな中、アラス上空で、激しい集中砲火を受けることになる。ところが、九死に一生を得ると、彼に生気がみなぎる。そして、彼は、自分のこの出撃に価値があると、すなわち、「共同体」、国民のための「犠牲」の行為に意味があると心から思うようになる。どうしてそうなったのか。この変化を、次の文章が説明している。「アラスの対空砲火のお蔭だと思う。あの対空砲火が、殻を砕いてくれたのだ。今日一日ずっと、私は、おそらく自分の中に住まいを準備していたのだろう。今まで、ぼくは、怒りっぽい管理人でしかなかった。個人というのはそのようなものだ。しかし、「人間」が現われた。あっさりと私の代わりに「人間」が住みついた。「人間」は、入り乱れている群集を見詰めた。そして、「人間」の目に入ったのは、一つの国民だ。彼の国民だ。「人間」が、この国民と私の共通の尺度なのだ」（第二五章）このように、キリスト教教義を知識として知っていても、それを受け入れることができない者が聖霊の導きでそれを受け入れてキリスト者となるように、「犠牲」は価値のある行為だと考えていても、「犠牲」を受け入れることができない者が集中砲火を受け「人間」に貫かれて、「犠牲」を価値のあるものとして受け入れるようになるのである。これは、上述した、リビア砂漠でイエス・キリストと再会したとも言える体験と通底していると言うことができる。

「人間」とは、孤立した個人ではなく、他者と結ばれた存在である。聖霊のような神性で貫かれていると言うことができる。「私の文明は、個人を通してなされる、「人間」の崇拝の上に建っている。私の文明は、この数世紀間、「人間」を指し示そうと努めてきた、石材を通して大聖堂を見分けることを教えてきたように。私の文明は、個人を支配するこの「人間」を説いてきたのだ」と言うのである。そして、「「人間」を復活させなければならない。私の文明の本質はまさに「人間」なのだ。「人間」が私の共同体の要《かなめ》なのである。「人間」が私の勝利の原理だ」と力説することになる。

そして、第二六章では、人間と神との関係について、「数世紀の間、私の文明は、人間たちを通して神を見つめてきた。人間は神に似せて創造されていた。人間の中の神が敬われていた。人間たちは神において兄弟だった。神のこの反映が譲渡することのできない威厳を一人一人の人間に授けていた。神と人間の関係は、各人の自分自身に対する義務、あるいは各人の他人に対する義務をはっきりと根拠あるものにしていた。

私の文明は、キリスト教的諸価値の継承者なのである」と語っている。サン＝テグジュペリは、この作品において、神と「人間」を同じ意味で用いており、「神を受け継ぐ私の文明」は、個人、人間たちを通して、「人間」、神を見ることによって、平等、隣人愛、敬意、謙譲さといったキリスト教的価値を成立させてきたと言うのである。

このような記述は、聖書を基にしている。しかし、キリスト教そのものではない。サン＝テグュペリ独自のものとなっている。どうしてこのようなことになるのであろうか。一九三六年から一九四四年にかけて書かれた『手帖』（一九五三年）において、キリスト教について考えるところを吐露しているが、どのように言っているのであろうか。

サン＝テグジュペリは、『手帖』において、「宗教の二律背反。今日、私は、歴史批評をこれほど高く評価しているのに、少しも歴史批評を行わないことを甘受しなければならない。今日、私は、伝承を拒否しているのに、伝承に同意しなければならない。今日、キリスト教がある種の特性を守る保守的な要素であるのに、私はキリスト教と福音書を一体視しなければならない。今日、世界を分析することが私に驚異を受け入れる気持ちを失わせてしまっているのに、分析することができなかった時代の驚異を信じなければならない」（I 97）と書いている。サン＝テグジュペリは、自分が高く評価する歴史批評、科学的方法のために、キリスト教の伝承を受け入れることができなくなったと言うのである。彼は、古代ローマの時代に生きていたら、キリスト教をすんなりと受け入れたであろうが、キリスト教には現代を生きる自分の思想と合わないものがあると述べている。しかし、この『手帖』でも、彼は、「私は、神とは別のものから権威を生じさせる困難に直面すると恐怖に捕らわれる。高い所から種は蒔くものなのだ」（I 94）と書き、聖書が語る神とは別のところから、生きるための、基準や力を得ることに困難を感じることを明かしている。

それでどうなるかというと、サン＝テグジュペリは、『戦う操縦士』において、「私たちの『ヒューマニズム』は行為を怠るようになった。その試みにおいて失敗してしまったのだ。

ここにおいて、極めて重要な行為が一つの名を授かることとなった。それは、犠牲なのである」（第二七章）と言い、「犠牲」にしか活路はないという考えを示している。神への信仰を失ったので、諸々のキリスト教的諸価値を失ったとは言わずに、サン＝テグジュペリは、「『ヒューマニズム』は、犠牲の本質的な役割を疎かにしてしまった。行為ではなく言葉により『人間』をもたらすことを望んだのである」と言う。サン＝テグジュペリにとって、「ヒューマニズム」は、最初は、神性に貫かれた「人間」を保持していたが、「犠牲」の行為に生きることをしなくなったので、「人間」を失うことになる。「人間」、キリスト教的諸価値を失った理由として、神を信仰しなくなったからとは言わずに、「犠牲」という行為を失ったからだと言い、神と言うよりも、神的存在としての「人間」という言葉を使うのである。

弟フランソワの死を前にした態度に、肉体よりも大切なものがあると思ったことが思い出される。「霊」の優位とまでは言っていないが、死を受け入れるなかで兄との関係を大切にしようとする姿勢に崇高なものを感じたことは間違いない。このことについて語る前に、「砲火は、肉体を下落させただけでなく、同時に肉体の崇拝をも下落させた。人間はもう自分に興味がなくなったのである。自分が属しているものだけが自分に課される。死んでも、彼はそこから取り除かれることはない、一つになっているから。彼は自分を失うことはない。自分を見出すことになるのだ」（第二一章）と語っている。フランスの犠牲について語った後、サン＝テグジュペリは、

「人は皆全ての人間に対して責任があるのだ。人は皆自分だけが責任があるのだ。人は皆自分だけが全ての人間に責任があるのだ。私は自分の文明として引き受ける文明を生み出した宗教の奥義の一つが初めて理解できた。それは、諸々の人間の罪を担うということだ。人は誰でも、全ての人間の全ての罪を担うのである」(第二四章)と言う。イエス・キリストを信じることによって己の罪から救われるというのではなく、自分が属する共同体への責任を果たすために、全ての人間の罪を担い、「犠牲」という行為を実行すると言う。このように、「犠牲」という行為に生の意味を見出そうとするところに、イエス・キリストの「受難」に同化しようという、密かな志向が存在すると見なすことができる。『夜間飛行』のリヴィエールにおいて、人間の平凡な日常生活に存する幸福、人間の生命よりも重要な、それを越えて存在するものを求めるところに垣間見ることができた宗教性が、『戦う操縦士』において明確なものとなったと言うことも可能である。

そして、サン＝テグジュペリは、『星の王子さま』(一九四三年)とほぼ同時期に書いたエッセイ『ある人質への手紙』(一九四三年)において、アフリカで発見し体験した「磁極」を改めて探求する。

アメリカ合衆国に、ナチスドイツと戦うことを求めに行ったサン＝テグジュペリは、アメリカ合衆国で、帰るということを考察している。「『大事なことは、自分に生きる力を与えてくれたものがどこかに残っているということだ。習慣が。家庭の祝祭が。思い出がある家が。大事なことは、帰ることに向かって生きることだ』と、思ったものだった」(第二章)と記している。帰るということは、サン＝テグジュペリによれば、「磁極」へと帰っていくことである。が、そのためには、「磁極」に力がなければならない。その前提として、「この上なく人が群がっている都市でさえ、生きることに必須の磁極から磁気がなくなったら、空虚になってしまうのだ」と、「磁極」の重要性について改めて語っている。自分にとって大切な存在は、それから離れ、距離を置くと、

「磁極」となり、生き生きとした輝きを放つようになり、それと向き合うことによって、方向性と生きる力を獲得することができるのであるから、旅をする者は、「磁極」に帰って行くことを促されることになる。

サン＝テグジュペリにとっては、「磁極」は、子供時代の家・庭園、砂漠、友人、同僚、愛する女性、さらには、フランスであった。

「磁極」はどのようにしたら生成するのかという問題のために、サン＝テグジュペリは、『ある人質への手紙』においては、「磁極」の生成の例として、三つの微笑みの体験について語っている。一つは、『星の王子さま』を捧げた、親友のレオン・ウェルトとソーヌ川のほとりのレストランで昼食を取った時の、一種の祝祭のように幸福な、他者と一体となった状態である。給仕女は祭司のようであった。ウェルトとサン＝テグジュペリは、水夫たちをテーブルに招待し、どこの教会かは言えないが、同じ教会の信者として祝杯を上げた。陽光が充ちた中、そこにいる者たちの顔には、微笑みが浮かんでいた。この一種の祝祭のような幸福な一致の状態について、「ここにおいて大事なものは、うわべは、一つの微笑みにすぎなかった。微笑みは、しばしば大事なものなのだ。人は、微笑みによって報われる。人は、微笑みによって償われる。人は、微笑みによって生気を与えられる。そして、微笑みの質は、人を死ぬことができるようにもするのだ」（第三章）と説明している。二つ目の微笑みの体験は、スペイン市民戦争の現地ルポルタージュを行っていたとき、アナーキストの民兵から怪しい者と思われて、地下室に連れて行かれた時のものである。言葉が通じず、彼らと全く自分が隔絶していることを感じて、恐怖と苛立ちに苛まれていたとき、サン＝テグジュペリは、彼の牢番の一人がタバコを吸っているのを見る。タバコを切らしていたので、仕草で一本譲ってくれるように頼み、ちょっと微笑みを浮かべた。次の瞬間、全てが一変した。「ひどく驚いたのだが、彼も、うっすらと微笑みを浮かべたのだ。それは、あたかも夜が明けたようだった。（中略）その微笑みが、私を解放してくれたのだった。それは、日の出と同じくらい、その次に起こる結果において明らかで、後戻りのきかない、決定的な身振りだった。それは、新しい時代を開いたのだった。何も変わっていなかったが、全てが変わってしまっていたのだった」（第四章）と書いている。サン＝テグジュペリに微笑みかけた若者は、ちょっと前までは一種のおぞましい昆虫のようだったのであるが、微笑みによって、その素敵な内面を露わにしたのである。それに釣られて、他の民兵も人間に戻り、微笑みの国に入ったのである。もう一つは、サハラ砂漠において救助隊員と遭難者の間で交わされる微笑みである。「私が遭難者であった場合、救助隊員たちの微笑みを思い出すし、私が救助隊員であった場合、遭難者たちの微笑みを思い出す、そこにいるとき自分がとても幸福であることを感じた一つの祖国を思い出すように。本当の喜びは、会食者の喜びだ。救助活動は、この喜びを感じるための機会にすぎなかった。水は、何よりもまず人間の善意の贈り物でないなら、人を魅了する力を持つことはない」と、救助隊員と遭難者の間で交わされる微笑みについて語っている。微笑みの体験は、魂が揺さぶられるような体験である。他者と「絆」を築き、「磁極」を成立させるのである。これは、『星の王子さま』に受け継がれることとなる。

王子は、一軒の家ほどの小さな星に咲いたバラとの関係がうまく行かず、その愛情を見抜くことができなくて、自分はバラにとって必要な存在ではないと考え、自分の星を旅立つ。そして、王子は、王の星、うぬぼれ屋の星、酒飲みの星、実業家の星、点灯夫の星、地理学者の星といった六つの星を訪問する。これらの六つのタイプの人間は、それぞれ地球に大量に存在しているのであり、近代市民社会、資本主義社会の大人の性格が極端に戯画化され、可笑しみのある者として描かれている。

王子は、それらの星の住人が奇異であることに驚き、彼らを裁く者となっている。星の数を数えることに没頭している実業家を、王子は、「ぼくが火山と花を持つということは、火山にも花にも役に立つということになっているんだよ。でも、君は、星たちの役に立っちゃいないじゃないか」（第一三章）と批判している。他方、王から、「他人を裁くよりも、自分を裁くほうが、ずっと難しいんだぞ。もし、おまえが、しっかりと自分を裁くことができたら、おまえは、本当に賢い人間ということだ」（第一〇章）と言われ、自分を裁くことの意味を意識させられた。さらに、地理学者から、バラは、「はかない」こと、すなわち「近いうちに消えてなくなる恐れがある」（第十五章）ことを教わる。それで、身を守るのに、四つのトゲしか持たない、か弱いバラを残して自分の星を旅立ったことを思い、彼の心は痛むこととなる。

ところが、王子は、地球で、五千本のバラを見て、「ぼくは、たった一つしかない花を持っていると思っていた。それなのに、ぼくは、ありきたりの花を一つ持っているだけなのだ。あの花と、ぼくの膝のところまでの高さしかない火山が三つ、おそらくそのうちの一つはいつまでも火が消えたままなのだ。これでは、ぼくは、すごく偉い王子ではないではないか」（第二〇章）と考えて、泣くこととなる。ここで、王子は、所有欲の塊である実業家や人から賞賛されることしか考えていないうぬぼれ屋のレベルまで落ちている。

しかし、その後、王子はキツネと会うことで、彼に大きな変化が訪れる。キツネから「飼いならすこと」すなわち「絆を築くこと」の価値、儀式・習慣の意味、責任の重要性、「物事は、心で見ないと、よく見えない。大事なことは、目には見えない」（第二一章）ということを教わるのである。

キツネが教えることは、他者が不在の、六つの星の住人の生き方とは逆のものであった。点灯夫は、他の五つの星の住人と違って、自分のことしか考えていないということはないのであるが、自分の意思で他者に働き掛けることはなかった。点灯夫が、他の五つの星の住人からキツネの教えへと移行する橋渡しの役割を果たしているのであるが、いずれにせよ、地球を訪れる前に六つの星で、王子は、キツネの教えを受け入れるための準備の学びを行ったのであった。

キツネは、飼いならすことを、「君は、ぼくにとって、今はまだ十万人の小さな男の子とすごく似ている一人の小さな男の子にすぎないんだよ。だから、ぼくには、君は必要じゃない。それに、君も、ぼくが必要じゃない。ぼくも、君にとって、十万匹のキツネと似ている一匹のキツネにすぎないんだ。でも、君がぼくを飼いならしたら、ぼくたちは、互いに相手が必要になるんだよ。君は、ぼくにとってこの世界でたった一人の男の子になるし、ぼくは、君にとってこの世界でたった一匹のキツネになるんだ」と説明する。飼いならされると、相手は掛け替えのない存在になる。それは相手が「磁極」となることを意味している。

さらに、キツネは、飼いならされることの効果を、「ぼくは、パンは食べない。ぼくにとって、小麦は役に立たないんだ。小麦畑を見ても、ぼくは何も思い出さない。そういうのは、悲しいことだよ！　でも、君の髪は金色だ。それで、君がぼくを飼いならしたら、それが素敵なものになるんだよ！　金色の小麦は、ぼくに君を思い出させるようになるんだ。それに、ぼくは、小麦にかかる風の音が好きになるよ……」と語る。外界を変容させ輝かしく見えるようになるのである。心の中に、愛情からなる「内面の拡がり」が生じているためである。この変容したものは「現前」である。

王子は、キツネの教えによって、バラが自分にとって「磁極」となっていることに気づいたので、飼いならした存在に対して責任を果たすために、また自分の罪を贖うかのように、毒ヘビに咬まれて、自分の命と引き替えに自分の星に帰ることを心に決める。

サン＝テグジュペリは、一九四〇年六月にフランスがナチスドイツに降伏し、フランスはナチスドイツの支配下に置かれるようになったので、同年十二月、ナチスドイツと戦うことをアメリカ合衆国に求めるために、アメリカ合衆国に行く。すでに検討したように、それは、亡命者になるためではなかった。『ある人質への手紙』において、サン＝テグジュペリは、多くの旅人が母国に戻ることを考えていない、亡命者意識を持つ人たちであることを嘆いている。王子は、自分の星を出るとき、『ある人質への手紙』において批判の対象となっている、サン＝テグジュペリがアメリカ合衆国に向かうときにポルトガルのリスボンで出会った、自分の国に帰る気のない亡命志願者のようであったのだが、ついに「磁極」であるバラのもとへと帰ることを志向する存在となったのである。また、アメリカ渡航・滞在でサン＝テグジュペリが心に抱いた、「磁極」であるフランスに戻りたいという思いが、『星の王子さま』の王子に結実したと見なすこともできる。

「王子のくるぶしのそばで、黄色い稲妻のようなものが光っただけでした。王子は、わずかの間、じっとして動きませんでした。叫び声をあげたりしませんでした。王子は、一本の木が倒れるように、ゆっくりと倒れました。砂の上だったので、少しも音がしませんでした」（第二六章）と書かれているので、毒蛇に咬まれたことで王子は死んでしまったはずであるが、飛行士の語り手にとっては生きている。彼は、王子に描いてあげた絵で、箱の中の羊のために口輪を描いた際、革のバンドを描き忘れたために、王子が配慮を怠ったら羊がバラの花を食べるようなことがあるかもしれない、そうなったら、星たちは涙を流すことになるという話によっても、愛する王子は心の中だけでなく、そばにいなくても遠く離れていても実際に生きていることになっている。したがって、王子はどうなったのかというのは謎である。読者の想像に任せられている。幻想文学の特質をそこに読み取ることも可能である。ただ、一つの読みの可能性として、福音書のイエス・キリストの「死と復活」と重なる構造になっていることを指摘することは可能である。王子が地球へ来て自分の星に戻るのは、福音書のイエス・キリストが、父のもとから、この地上にやって来て、十字架にかかるが、復活して父のもとに戻るのと類似している。

王子が毒蛇に咬まれて愛するバラのもとに帰ろうとしたことは、『戦う操縦士』で力説されている、人のために命を捧げるという、「犠牲」の行為に通じる。その点に注目すると、『星の王子さま』は福音書に接近するのである。

王子は、「遠過ぎるんだ。ぼくは、この体を持って行くことはできないよ。重過ぎるから」、「それは、捨てられた古い殻みたいになるんだよ。古い殻というのは、悲しくはないよ」と言い、その体を地球に残していくことを飛行士にほのめかしている。そして、飛行士は、王子が毒へビに咬まれて、一本の木のように、砂の上に倒れるのを目撃する。ところが、翌朝、王子の体は見つからない。十字架にかかった後、埋葬されたイエス・キリストの体が墓地からなくなるように。

王子と飛行士も、互いに飼いならす関係になっていた。したがって、互いに相手の「磁極」となっていた。王子の笑い声が大好きな飛行士は、王子と別れた後、夜空を見ると、多くの星のどこかに王子がいるので、全ての星が笑っているように感じられると言うのであった。「君は、笑うことができる星たちを見ることになるよ」と、王子は、飛行士にとっての、「飼いならすこと」の効果について語る。王子が地球からいなくなったのを悲しむ飛行士にとって、王子は、「磁極」であり、心の中の「内面の拡がり」には王子に対する愛情がある。その笑う星は「現前」なのである。また、王子が自分の星に帰って、地球のほうを見ると、王子は、一緒に砂漠を歩いて見つけた井戸から、飛行士が滑車を使って汲んでくれた水を自分に飲ませてくれたという体験を思い出すことになると言う。「全ての星が、さびついた滑車がついている井戸になるんだよ。全ての星たちがぼくに水を注いでくれるよ」と、王子は、「飼いならす」ことが自分に及ぼす効果について飛行士に説明している。王子にとって、飛行士は「磁極」であり、「さびついた滑車がついている井戸」は、目には見えないけれども、目の前に存在しているように感じられる「現前」なのである。

このように、単なる目的では主体が自分にあるのに対して、「磁極」は、あたかも生きた神的存在のように自分に働きかけてくるものである。

『星の王子さま』の王子も、イエス・キリストのように肉体の死を迎えるようであるが、それは消滅を意味しない。キリスト者がイエス・キリストの再臨を願っているように、王子も、飛行士によって地球への再来が希求されている。飛行士にとって、王子は「磁極」であり、生きている。『星の王子さま』の読者にとっても、掛け替えのない存在として生き続けることになる。そこには、福音書のイエス・キリストが使徒、弟子、信者にとって生きている存在と信じられ、その教えが受け継がれていくのと似通ったものがある。

『人間の土地』以降サン゠テグジュペリが探求した、「磁極」、「内面の拡がり」、「現前」が、『星の王子さま』において物語を構成する重要なものとして結実しているのだが、それらが、上記のような、王子の、愛による「犠牲」の死、「復活」したイエス・キリストのように生き続けること、地球への再来の願いを可能にしたのである。

おそらく、サン゠テグジュペリは、『星の王子さま』で、イエス・キリストをモデルとして王子を描出しようとは意図しなかったであろう。しかし、イエス・キリストへの密かな思いが図らずも作品に結実したと見なすことはできるのである。ジッドは、『パリュード』（一八九五年）の冒頭部で、「わたしは自分の本でとりわけ関心があるのは、わたしがそうとは気づかずに自分の本に書いてしまったものなのだ。― わたしは神の出し前と呼びたいのだが、この無意識の部分である。── 本というものはいつも共著なのだ。そして作者の部分が少ないほど、神のもてなしが大きいほど、本の価値は高くなるのである」と書いた。無意識の部分が作品に創造性を与えると言うのであるが、サン＝テグジュペリのイエス・キリストへの志向、その受難への志向は、この無意識の部分であると見なすことができる。サン＝テグジュペリがキリスト教教義を拒否しながらも、イエス・キリストへの志向をその文学作品で表現したことには、ジッドのこの評語が当てはまるのである。

さて、『星の王子さま』はどうして日本人にとりわけよく読まれるのかという問題については、筆者の個人的な体験に即して答えることにしたい。筆者は、キリスト教とは無縁の家庭で生まれ育ったが、大学入学後は、フランス文学を学ぶ必要上、聖書を読むことを自分に義務づけることにした。他方、大学二年生のときに、『星の王子さま』を読み、心を揺さぶられるような感動を覚え、それ以来、『星の王子さま』は愛読書となった。当初は、『星の王子さま』にキリスト教思想が表現されているとは全く思わなかったが、十数年前、『星の王子さま』には福音書に通じるものが存在するのではないかという思いに捕らわれ、その思いを検証するために、彼の他の作品も読むことにした。前述したものがその探求の成果である。

『星の王子さま』には、あからさまなキリスト教的言説は存在しない。したがって、キリスト教に興味のない人でも、以上検討したように、パンのみで生きるのではない生活をするための糧をこの作品に見いだすことができる。このことが、キリスト者が少なくキリスト教に拒否反応を示す人が多い日本において『星の王子さま』がとりわけよく読まれる要因となっているのではないだろうか。

また、アラス上空での、個人が砕けて「人間」に貫かれた体験は、自我が砕けて大宇宙と一体化するという、座禅の境地と通じるものがあることも注目に値する。筆者にとって、現在は、聖書が座右の書となっているが、青春期には、曹洞宗の僧院に一週間に一回御邪魔をして座禅を組ませてもらっていた。我執に捕らわれず枯淡の境地を生きておられた住職から、その都度、自我を砕いて大宇宙と一体化した絶対無我の境地に入ることが大事であることを教えられた。そこには、サン＝テグジュペリの上記の体験と通底するものがある。ジッドは、『ヴィユー＝コロンヴィエ座における連続六回講演』（一九二二年）の「五回目講演」で、福音書から直接キリストの教えだけを受け取ろうとするドストエフスキーの文学は一種の仏教へと読者を導くと評しているが、サン＝テグジュペリの文学にも仏教的なものが存すると言うことができる。このことも、『星の王子さま』が日本人にとりわけ読者が多い理由の一つに挙げることができるであろう。

遺作である『城砦』（一九四八年）は、彼の他の作品の諸々の要素で構成されている。主人公である王は、父である前王の教えを思い出しながら、また民を実際に観察して、砂漠に、帝国である城砦を築いて行く。その帝国は、サン＝テグジュペリが嫌った、物質文明社会、大量消費社会ではない。民は、城砦への愛情から「内面の拡がり」を心に抱き、城砦を「磁極」とすることが求められる。『戦う操縦士』で語られた、「人間」である「聖なる結び目」によって、構成員である民はつながっている。「犠牲」によって、城砦と一体化していると言うこともできる。そこは、典礼、礼式が支配する秩序ある階級社会であり、城砦への意識だけでなく神への思いもあるので、役割は異なっていても同一ではなくても、一人ひとりの民は平等なのである。城砦は、ノートルダム大聖堂の説教が語ったものから遠く離れた、一つの教会、一つの「神の国」として、永遠の旅を続けていく。城砦の民は、沈黙する神へと向かって歩み続けるのである。

サン＝テグジュペリの後半生には、イエス・キリストへの帰依による救済という信仰はないが、創造主への歩み、イエス・キリストへの密かな志向が存在しており、それが文学作品を創造する力となっている。これを可能にしたのは、幼年期の宗教教育とともに、越境の地で他者のために飛行士として生きたこと、サハラ砂漠という辺境の地に身を置き心をニュートラルにして魂の声に耳を傾けたことによるのである。

4　カミュとアフリカ

カミュの生は、越境体験を土台としていた。父方の祖父はフランスからアルジェリアに、母の親はスペインからアルジェリアに越境していたからである。カミュ一家は、カトリックであった。ただ、そこには信仰と呼べるようなものはなく、カトリックの国フランスの社会習慣に従うようなものでしかなかった。すでに洗礼を受けさせられていたカミュは、一九二三年に、国立高等中学校の入試に合格した後、祖母の意向で、聖体拝領を受けている。が、最愛の母に信仰があるわけではなかった。若年期のカミュの宗教観については、『裏と表』（一九三七年）の「皮肉」に表現されている。それは、宗教に病人や老人は慰めを求めるが、そのことは彼らを孤立させるだけで幸せをもたらすことにはならないというものであった。

不条理がカミュの文学の中核をなしている。『シーシュポスの神話』（一九四二年）で、カミュは、不条理は世界と人間の対立から発生すると述べている。また、『シーシュポスの神話』で、人間は死ぬ存在であることを意識すると、全てが無意味に思えるようになり、全てが等価値になって、無関心で生きるという、不条理を生きることを説いているが、これは、カミュが当時まだ特効薬が開発されていなかった結核にかかり、死の宣告を受けたように感じた体験によるものである。『異邦人』（一九四二年）のムルソーに不条理を体現させている。すでに検討したように、この作品で、未来に寄せるいかなる希望も遠ざけられた状況で営まれる、一人の幸福な人間の生涯を描いた。ムルソーは、死刑を前にして、極めて幸福な境地に到達したのだった。カミュは、「アメリカの大学版への序文」（一九五八年）で、『異邦人』のムルソーについて、「私は、いつも逆説的にではあるが、私の作中人物において、私たちが値する唯一のキリストを描き出そうと試みたと言ったこともある」と書いている。自分に正直であったために社会に受け入れられず断頭台にかかるムルソーは、ファリサイ派の人びとや律法学者の反感を買って虐殺されたイエスに通じるというのである。だが、そこには、神に救いを求めること、キリスト教教義、教会の教えを拒否する姿勢が存在する。

ただ、カミュを論じる場合、彼の生涯は短いものではあるけれども、彼の作品の内容は徐々に変化していっていることに注目することは肝要なことである。

カミュは、一九四〇年に、ジッド及びサン＝テグジュペリとは逆に、アフリカからフランスへと越境した。一九四一年には、アルジェリアに戻るが、一九四二年八月に再びフランスに向かい、それ以降は、一時的にアルジェリアに帰ることはあっても、カミュの生活の場は、フランスとなり、アルジェリアは、カミュにとって、サン＝テグジュペリの言う「磁極」となった。フランスでは、カミュは、抵抗組織「コンバ」に加わり、レジスタンス活動に関わっている。

ナチスドイツとの戦いで、カミュは、不条理の思想がナチズムに通じることに注目せざるをえなくなる。殺人を招き寄せる怖れのある、「全てが等価値」という不条理ではなく、正義という価値を求める必要性を感じるのである。カミュは、それを『ペスト』（一九四七年）で小説化した。正義の意識を抱き連帯して、ペストという悪と戦うというものである。が、それはキリスト教が説く人類愛に依拠するものではなく、反抗によるものであった。

パヌルー神父は、一回目の説教で、ペストは、人間が神に心を向けないことに対する罰であると、また、苦悩は人間を救済へと導くと説く。神父パヌルーも、ペストと戦っており、無垢な子どもがペストにより苦しんで死んでいくのを見て動揺するのだが、二回目の説教で、ペストが神の意志であるのなら、それを受け入れるしかないと言う。この苦難はヨブ記を連想させるが、ヨブは、最終的に、神が自分に語りかけてきたことで、自分の傍らに神がいてくださるという、神の臨在に、安らぎを得て生きる力を獲得するが、パヌルー神父にそのような安らぎが訪れることはない。これに対して、医師リウーは、罪のない子どもが苦しむこの世界を愛することはできないと主張する。これは、無辜の子どもが苦しむ、神が創造したこの世界を認めることができないし、罪のない子どもたちの苦しみを代価としていつの日か与えられる「永遠の調和」は拒否すると言う、『カラマーゾフの兄弟』の「反逆」における、イワン・カラマーゾフの言説の影響を受けている。神が存在しているのなら、どうしてこのような悲惨な事が起こるのかという憤りについては、神を否定し切れない苦しみがそこには潜んでいると見なすこともできるが、リウーには、イワンと違って、そのような苦しみは存在しない。だが、パヌルー神父は、愛の神が存在するのに悲惨なことが起こることに対して神を全面的に肯定することで乗り越えようとするが、その説教とは裏腹に、それで苦しみが消えることはなかった。『ペスト』には、カミュが意図した冷徹な無神論からはみ出すものも存在するのである。

『反抗的人間』（一九五一年）では、社会の進歩・人間の幸福という大義のためであっても死刑・殺人は否定されており、スターリン体制下のソ連を初めとする、政敵を粛清する共産主義国、それを容認する、フランスの社会主義者・共産主義者たちへの批判を読み取ることができる。これは、カミュが、「コンバ」の編集長として対独協力者粛清を主張しモーリヤックと論争を行ったことにも基づいている。この論争において、カミュは、神の慈悲でなく人間の正義のために対独協力者という異物は排除されるべきであると主張したのだが、それにより対独協力者に対して間接的に死刑という殺人を行ったことになる。だが、カミュは、後に、自分の非を認めている。対独協力者粛清を主張したことへの反省も、『反抗的人間』に反映しているのである。

『転落』（一九五六年）では、弁護士クラマンスは、若い娘がセーヌ川に飛び込んだのを助けなかったことで、すぐにではないにしても、自分の有罪性を意識するようになる。これは、カミュが、対独協力者は厳罰に処すべきであると「コンバ」紙で力説することで、刑を執行することに加担したという、心の痛みをモチーフとしているが、前述の『反抗的人間』の主張やアルジェリア戦争に際してアルジェリアとフランスの融和を主張したことで批判を浴びたことも背景としている。

クラマンス、自分の罪を告白して、悔悛を示した後、自分以外の者にも罪があることを認めさせ、罪の告白をすること、悔悛を迫る。彼は、「悔悛した判事」なのである。相手から断罪されるまえに、自分から自分の罪を告白し悔悛を表わし、その後、相手にも自分の罪を告白し悔悛をするように迫ることを行い、そのことで相手からの裁きをかわし優位に立つことができると言う。このような皮肉な態度には、ドストエフスキーの「スタヴローギンの告白」の、神に赦しを乞うのではなく自分で自分を赦すために、公衆への告白という苦行を行うという偽りの告白の影響が感じられる。他方、論敵を批判するために、まず自分の非について語るというやり方は、カミュが実存主義者たちに認めたものであるので、クラマンスはサルトルら知識人をモデルとしていると見なすことができるが、カミュ自身でもある。自分を批判した者たちへの当てこすりだけでなく、自分に対する厳しい眼差しも、そこには存在する。

クラマンスは、自分が首を切られることを語る。だが、刑事上の罪は、盗品『清廉潔白な判事たち』を預かったことだけで、大したことではない。しかしながら、魂のレベルの罪意識は、どうすることもできない。それによる苦しみに対処することはできない。ニヒリズム故に、行き詰まってしまっている。しかし、カミュは、『異邦人』において、アラブ人を殺しても罪の意識を抱かないムルソーを描いたのであるから、これは大きな変化で、文学的には新しい領域を切り開いた。

『追放と王国』（一九五七年）は六編の短編小説からなっている。

最初の作品「不貞の女」の主人公ジャニーヌは、夫のマルセルの出張についてきた。十五年間ともに生きた夫マルセルとの関係に喜びを見いだすことができなくなっていた。そもそも、マルセルを愛したためではなく、彼から求められたことと、晩年を一人で過ごしたくないことが、彼女を結婚に踏み切らせたのだった。彼女にとり、石だけの砂漠を旅することは楽しいことではなかった。魅力のある男の視線が気になったが、何も起こらなかった。だが、ホテルの部屋を出て、夫と城塞の階段を登って、屋上に身を置くと、目の前に広がる砂漠の街と自然に、彼女の心を惹くものがあった。地平線を見ると、彼女は、そこに、その日まで知らずにいたが、絶えず自分にとって必要なものであり続けた何かが自分を待っているように思えた。そして、遊牧民のキャンプも彼女の心を捕らえた。無一物だが自由な民の王国に入ることを夢みるが、それは叶わぬことだった。夫は、そのようなものには興味がない。それで、その後、夜中に、彼女は、眠っている夫を残して、一人で街に出る。そして、砂漠の自然との交わりを体験した。が、彼女は、ホテルに戻らなければならない。夫は、このようなジャニーヌを理解することはできなかった。

「背教者」の語り手で主人公である「私」は、神学校を出て、砂漠の中に入り込む。未開人から舌を抜かれた「私」は、善の主を棄て、改宗して悪の神である物神に仕えるようになる。が、優しさと愛の主を完全に忘れ去ったわけではなかった。

「口をつぐむ人たち」は、聾啞者で足が不自由であった、樽職人の叔父エチエンヌをモデルとしている。樽職人イヴァールは、一方の足は不自由ではあるが、聾啞者ではない。が、四十歳になり、青春を失ったことを感じていた。若い頃のように、明るい太陽のもとで、肉体の喜びを味わうことができなくなっていた。老いを感じるようになっていた。職場では、彼も同僚も、賃上げ要求のストライキの失敗から、工場主の声かけに沈黙し、互いに言葉を交わすこともなかった。工場主の娘の病気に対しても、心配な気持ちを表に現わすことができない。仕事を終えて家に帰ると、彼は、結婚したばかりの頃のように妻の手を取って、起こったことを全て妻に話した。そして、黄昏時の海を眺めた。海の向こうに二人で旅立ちたいと思う。だが、願いが叶う見込みはなかった。

「客」の主人公グリュは、砂漠の中の高原にある小学校のフランス人教師である。彼は、憲兵から、従兄弟を殺害したアラブ人を預かることとなる。翌日、アラブ人をタンギーの警察に連れて行かなければならい。グリュは、石に覆われた土地の同じ民なので、友情らしきものも感じる、そのアラブ人を助けたいという気持ちはあるのだが、それを抑制する気持ちも働き、積極的な行動に出ることはできなかった。翌朝、途中までアラブ人と同行し、警察のあるタンギーに行くか、それとも遊牧民が住む所に行くか、アラブ人に選ばせることにする。ところが、アラブ人はタンギーへの道を選んだ。それで、彼は、心ならずも、警察にアラブ人を引き渡すことになってしまったのである。「こんなにも愛している、この広大な国で、彼はひとりぼっちだった」で、この短編小説は終わる。アルジェリア戦争で苦しい立場に立たされたカミュの苦悶が投影されている。

「ヨナ」の主人公ヨナは、神に背き、大魚に呑み込まれ、三日三晩過ごしたその胃の中で悔悟して、そこを出た後、預言者としての自分の務めを果たした、ヨナ書のヨナと創作活動で苦闘するカミュ自身に基づく作品である。

ヨナは、自分は幸運の星のもとにいると考えている通りに、画家として成功をし、妻、子ども、友人にも恵まれた。が、絵を描くことだけでなく、弟子たち、訪問客、舞い込んで来るいろいろな依頼で、極めて忙しくなり、家族との生活だけでなく、創作活動にも余裕がなくなった。それが続くと、仕事の依頼が少なくなり、彼に対する評価が下がり、ついには、ヨナは絵が描けなくなる。それで、彼は、壁の中位の高さより上方に部屋を設けて、そこに一人で閉じこもることにする。彼は、静かな一人だけの時間を確保した。そこで、彼は絵を描くことに専念する。そして、衰弱したヨナは、そこから助け出されることとなる。彼が取り組んだ一枚の絵は、白紙で、真ん中に小さな文字が書かれていたが、「孤独」なのか「連帯」なのか読み取れなかった。が、ヨナは幸福であった。もう何も描くことはないかもしれなかったが、彼には、愛する、妻ルイーズ、子どもたち、友人ラトー、そして、それを取り巻く世界があった。

六番目の作品「生い出ずる石」では、フランス人の技師ダラストは、ブラジルのイグアペにやってくる。堤防工事のためであるが、イグアペに来る少し前に、彼の過失のために人が死にかけたことがあると言う。何かを待つような気持ちが彼にはあった。そのような彼の気持ちは、イグアペの住民への対応に現われている。歓迎会で酔って自分を侮辱した警察署長への処罰を自分で決めるよう町長たちから強く勧められても、許すことにする。また、彼は、原住民である、船のコックと出会い、友情を感じるようになった。船のコックは、海に投げ出されて漂流しているとき、光るものが目に入り、それはイグアペのイエスの教会の丸屋根からのものだと分かったので、「助けていただけたら、祭りの行進のとき五十キロの石を頭に載せて運びます」とイエスに祈り、助かったので、重い石を運ぶことになる。ところが、彼は、途中で背負えなくなったので、ダラストがその石を、予定されていた教会ではなく、コックの家まで担いで行く。「シーシュポスの神話」のシーシュポスが石を運ぶというのは、いわゆる徒労の行為であったが、ダラストの行為は、彼とコック及びその家族との間に絆を築き、イグアペに居場所を見つけるというものでもあった。この作品には、イエスへの眼差しを読み取ることができるが、土俗信仰と一体になったものである。漂流していたイエス像を拾って洞穴でそのイエス像を洗うと、その洞穴で石が生えて来たので、祭りで、祝福された幸福のためにたたき割るが、また生えて来ると言う。舞台は、アルジェリアではなくブラジルではあるが、この作品は、他の五つの作品よりも、光が強く射しており、追放されても王国を見出そうという思いが表現されている。希望を感じさせるものがある。

六つの作品には、多かれ少なかれ、王国から追放された者の、王国を生きたいという願いを読み取ることができる。カミュ自身の証言「著者のことば」によれば、当初『追放と王国』の中に組み込まれる予定であった『転落』が袋小路に入ってしまっているのに対して、『追放と王国』には、光への志向を感じ取ることができる。これは『最初の人間』に受け継がれることとなる。

未完の遺作『最初の人間』（一九九四年）の主人公ジャック・コルムリは、幼児のとき戦争で父を失い、何が良いことで何が悪いことか「力ではなく権威」によって教えてくれる存在がいない。いわば「最初の人間」である。また、アルジェリアは、歴史を持たない「忘却の地」なので、その住人は全て「最初の人間」であった。

彼にとっての「エデンの園」は、彼が生まれ育った家庭であった。そこには、貧しさから教育を受けることができなかったことや身体的障碍のために無知ではあるが、無垢な人たちが生きていた。ジャックは、小学校の先生ベルナール先生（ジェルマン先生）の配慮で、父を戦争で失ったことによる奨学金を得ることができ、高等中学校に通うようになり、この「エデンの園」から外へと一歩踏み出した。

七十二歳になった、ジャックの母は、『裏と表』の「肯定と否定のあいだ」の、自分の子どもを愛してはいるが愛情を表現しない、沈黙し無関心を露わにする存在ではない。久しぶりに再会した息子を愛情込めて抱擁する。子どもの頃、母が彼に愛情を示してくれたことを思い出すところも存在する。母が通りを黙って眺めるところも描かれるが、『最初の人間』では、「肯定と否定のあいだ」とは違って、母親は、無関心、沈黙で子どもを途方にくれさせる存在ではなく、無知ではあるが、無垢で神秘を感じさせる存在となっている。また、『裏と表』の「皮肉」では、「確かに、この女に長所がないということではなかった。しかし、絶対的な判断を下す年齢に達していた、彼女の孫たちにとって、彼女は喜劇役者に過ぎなかった」と書かれていた、独裁者の祖母も、耳が不自由な息子のエルネスト（エチエンヌ）に愛情のこもった視線を向けるなど良い面が具体的に書かれている。ジャックが高等中学校に進学することは、当てにしていた働き手がなくなることを意味するため、そのことを思って祖母は絶望的な表情をするが、彼の合格に、「祖母は近くに住む女性たちの前で輝いていた」と書かれている。樽職人の叔父は、「皮肉」では、「息子は殆ど唖だった」という記述しかなく、『幸福な死』では、同じく障碍者で、意地が悪く乱暴で、同居の姉の恋の邪魔をしたために子どもの所へと去られたので、失意の生活を余儀なくされるということになっていた。これに対して、『最初の人間』のエルネスト（エチエンヌ）叔父は、この作品でも姉の恋を破壊する行為は書かれているが、怒りに捕らわれることはあるものの、陽気で情愛豊かな好人物として描かれている。母、祖母、エルネスト（エチエンヌ）叔父、ベルナール（ジェルマン）先生への語り手の眼差しは温かい。愛情が溢れた作品となっている。この作品には、明るい光が射している。

また、『異邦人』など、カミュの文学作品では、アラブ人は、登場しても名前は示されなかった。が、この作品では、アラブ人も名前を持っている。ジャックの誕生に立ち会うのも、アラブの女とヨーロッパの女であった。アルジェリア戦争の最中、フランスからのアルジェリアの独立ではなく、アルジェリアのフランス人と、原住民であるアラブ人の共存を願ったカミュの思いが投影されている。

ジャック・コルムリの頭文字は、フランス語のイエス・キリストの頭文字と同じである。彼の誕生の場面は、仄かにではあるが、イエスの誕生を想起させるものがある。そう言えば、貧しく厳しい環境で生れ育ったということでは、ジャック・コルムリとイエス・キリストは共通している。しかし、少年時代のジャックの物語には、イエスを連想させるものは存在しない。が、記述は生き生きとして生彩を放っている。

四十歳となったジャックは、墓参りをするが、父を知ろうとする試みは失敗に終わることとなる。が、アルジェリアに入植した人たちの歴史は部分的なものに留まってはいるが、「第一部　父親の探索　7　モンドヴィ―植民地化と父」で表現されている。自伝的なものと、量的には少ないが歴史的記述で、この小説は成り立っている。

「補遺」には、作品を書くことで、カミュが十一ケ月のときに若くして戦死した父親、フランスからアルジェリアに入植した人たち、アルジェリアの植民地化を探求したいという思いとともに、母親への愛情、キリストへの信頼が書きこまれている。「彼の母親はキリストなのだ」と書いており、最愛の母を形容するのにキリストという言葉を使っている。「ママ―無知なムイシュキンのような人。彼女は十字架上のこと以外は、キリストの生涯について知らない。それなのに、誰かママよりもキリストに近い人がいるだろうか」とも書いている。また、母親について、「十字架が彼女を支えてくれますように」という祈りの言葉が存在する。やはり、カミュにとって、母とイエス・キリストはこの上なく大切な存在なのである。

このような母とキリストの同一視については、どのように考えればよいのであろうか。カミュは、キリスト教教義は否定しているが、キリストは肯定している。『シーシュポスの神話』において、「イエスは、この上なく不条理な状態を具現した人物なので、「完全」な人間である」、『カルネ　1』（一九六二年）では、「福音書から最後の数ページをもぎとってしまうことにしよう。そうすれば、人間の宗教、孤独と崇高なものに対する崇拝が我々に提示されるのである」（一九三九―一九四二年）と書いている。カミュは、「復活」は信じないが、イエスは崇拝の対象であった。カミュによれば、イエスは、罪のない存在であるのに十字架にかけられ、神に見棄てられて悪を引き受けなければならなかった不条理な存在なのである。このようなキリストの魅力は、自分の幸せのためではなく人の幸せのために生きたこと、人ために苦しむ存在として生きたことにある。キリストは、人の幸せのために犠牲となり自分の命を捧げた。主人公ジャックの母は、夫が戦死したので、魚屋との恋で女性の幸せを求めたこともあったが、叔父の介入と祖母の反対により関係の続行が不可能となった後は、女としての幸せは諦めた。自分の幸せを求めず、家族のために苦しみに耐えて生きた。そのようなところに、カミュは母とキリストの共通性を見たと思われる。しかし、「補遺」では、許す存在を、イエス・キリストとせずに母だけとしている。これは、おそらく、母が生きる「エデンの園」から離れたジャックの疚しさの意識によると思われる。

カミュは、「アルジェリアにはキリストは着陸しなかったのだ」とも書いている。このことについては、「修道士さえ所有地と払下げ地を持っていたのだから、キリストはアルジェリアには一度も上陸したことがなかった」と書いており、キリストを否定視するわけではなく、キリストの精神がアルジェリアに行き渡っていないと考えていたということである。イエス・キリストへの崇拝はあっても、それを作中人物の中に活かすには至っていない。むろん、キリスト教義を受け入れて信仰者となるということではないが、未完ということを考慮すれば、これだけキリストへの思いは書きこまれているので、それが作中人物において活かされることになる道を推測することはできるであろう。

5　辺境の地に生きること

このように、ジッド、サン＝テグジュペリ、カミュは、アフリカでキリスト教社会の外に身を置くことによって、文学者としての独自の道を発見した。それは、フランスの価値体系の境界を越えて、異境の地で自分の進むべき道を自分に問い、その問いに答える試みであった。そうすることによって、彼らは、それぞれのやり方でイエスを志向することとなった。この三人の作家には、イエスがその文学の中心にあるということで、響き合うものがある。ジッドとカミュが最も敬愛する作家は、「かりにだれかが、キリストは真理の外にあることをわたしに証明し、また、真理がキリストの外にあることが実際であったとしても、わたしとしては、真理とともにあるよりもキリストとともにとどまるほうが望ましいでしょう」と主張したドストエフスキーであった。サン＝テグジュペリも、若い頃はドストエフスキーを読んでいる。『戦う操縦士』の語り手である操縦士が、「人は皆全ての人間に対して責任があるのだ。人は皆自分だけが責任がある。人は皆自分だけが全ての人間に責任があるのだ。私は自分の文明として引き受ける文明を生み出した宗教の奥義の一つが初めて理解できた。それは、諸々の人間の罪を担うということだ。人は誰でも、全ての人間の全ての罪を担うのである」（第二四章）と言うのを読むとき、『カラマーゾフの兄弟』のゾシマ長老が、全てのもの、全ての人間に対して罪があることが分かると、「地上の楽園」が現出するという、兄マルケルの言葉を自分のものとして、「地上の楽園」への道を進んだのを思い出す。ゾシマ長老は、他人の罪に心を乱される時について、「この場合、救いは一つである。自己を抑えて、人々のいっさいの罪の責任者と見なすことだ」（第二部　第六編　ロシアの修道僧　三　ゾシマ長老の法話と説教から（G）祈りと、愛と、他の世界との接触について）と、操縦士とほぼ同じことを言っている。操縦士は、全ての人の罪を担い、共同体の一員として「犠牲」を実行することに活路を見いだすのであるが、これは、おそらくゾシマ長老の言葉に影響を受けたのではなく、操縦士として真摯に救済を求めて生きたことで、ゾシマ長老の主張とほぼ同じところに到達したということであろう。ゾシマ長老とこの操縦士は、そこに至る方法は異なるが、ほぼ同じ境地に立ったのである。

ドストエフスキーも、シベリア流刑という越境体験で、周辺の地で、自分の文学を方向付けた。異様な人間たちを観察し、人間とはいかなるものかという問いに答える試みのために、それを活用した。それはそこで暗い悲劇的な部分、闇に直面することになるが、その向こうに光を見いだすというものだった。それを可能にしたのは、シベリアでキリストへの思いを明確なものとしたことによる。

井筒俊彦は、『露西亜文学』で、ロシアの文学者について、「そこで彼等は人間の（従って世界の）救済の可能性を問い、是が非でも救済を見出そうとする。絶望的な状況に置かれながら飽くまで人類の未来を信じ、最後の救済の存在を信ずるが故に、露西亜の文学者達は皆夫々の領域に於て「革命的」になる」（第一章　露西亜文学の性格）と書いたが、これが最も当てはまるのはドストエフスキーである。それは、宗教の力による革命的なものである。キリストへの思いを軸にして救済を求めた。そうであればあるほど、文学者として人間の神秘を知ろうとして、人間の闇の部分も探求した。それは、彼にとってキリストが存在するから、可能であったと言うことができる。フランス自然主義の文学者が人間の闇の部分、醜いところを探求し描くことに専念したのに対して、彼の作品が光をも感じさせるのは、そのことに起因している。ジッドとカミュも、それぞれのやり方で、人間はいかなるものかを探求しているが、その文学には救済を求めるようにするところも奥深い所には存在している。それは、イエス・キリストへの思いがあったので、可能であったと見なすことができる。サン＝テグジュペリは、人間の邪悪で醜い側面を見ることをせず、人間の崇高なところを命がけで探求する作家であったが、それを蔭で支えていたのはイエス・キリストへの思いであった。

これらの四名の文学者は、サン＝テグジュペリの言い方に沿って言えば、越境して辺境の地に身を置くことで、自分にとってかけがえのない「磁極」が明確になり、生きる道を指し示されることになる。

ジット、サン＝テグジュペリ、カミュは、キリスト教国フランスの価値体系の境界を越えてしまい、そのイエス像は教会のものとは異なっている。しかし、いわゆる信仰者の表現でなくても、イエス・キリストへの真摯な思いは読者に伝わるものである。パウロはその後半生をキリストに捧げキリストのために生きた男ではあるが、それは、パウロの言葉、キリスト教教義、教会の教えとは別の道からイエス・キリストに至ろうとする試みである。ドストエフスキーも、キリスト教教義を通してではなく、別の道からキリストに至った。サン＝テグジュペリの場合は図らずも東洋の宗教と交錯することにもなっているが、これは、ドストエフスキーについても言えることである。

このように、キリスト教教義、教会の教えに自己を限定せずにイエス・キリストに自分の生の活路を求めることは、おのずから他の宗教と交わる可能性、他の宗教との対話の可能性が生じることとなる。ファリサイ派の人たちは、律法を守るという、自分たちの権威ある価値観から逸脱した者たちを断罪したが、イエス・キリストは、そうではなく、周辺に追いやられて虐げられていた人たちを愛の心で受け入れた。越境して辺境の地に身を置くことによって可能になる、イエス・キリストへの思いを軸とした、権威から自由な「開かれた宗教性」に、キリスト教文学の可能性を示唆するものが存在するのではないだろうか。これは、垂直の方向性を持つものであり、人間はどのような存在かを探求する、垂平の方向性と絡み合ってこそ、文学においては意味を持つ。人間を知ろうとする試みにより人間の醜悪な部分、闇の領域を描くことにもなるが、「開かれた宗教性」はそれを否定するものではなく、それを支持するので、深みと力を持つこととなる。縦軸と横軸が交錯することとなり、「開かれた宗教性」が「文学の力」を強め豊かなものにするのである。

引用文献・主要参考文献

ドストエフスキー、米川正夫訳、『悪霊』全四巻、岩波書店、一九五九年。

マーク・スローニム、池田健太郎訳、『ドストエーフスキイの三つの恋』、角川書店、一九五九年。

Albert Camus , *Carnets I*, Gallimard, France, 1962.

Jean Onimus, *Camus* , Desclée de Brouwer, France, 1965.

André-A. Devaux, *Saint-Exupéry*, Desclée de Brouwer, France, 1965.

M・バフチン、新谷敬三郎訳、『ドストエフスキイ論―創作方法の諸問題』、冬樹社、一九七四年。

Jacqueline M.Chadourne, *Andre Gide et l'Afrique Le rôle de l'Afrique dans la vie de l'œuvres de l' écrivain*, A . G . Nizet, Paris, 1968.

Pierre Pascal, *Dostoïevski*, Desclée de Brouwer, France, 1969.

佐古純一郎、『純粋の探求』、日本基督教団出版局、一九七〇年。

シャルル・フーリエ、巖谷國士訳、『四運動の理論』（上）（下）、現代思想社、一九七〇年。

高畠正明、『アルベール・カミュ』、講談社、一九七一年。

Albert Camus , *Cahiers Albert Camus I La mort heureuse*, Gallimard, France, 1971.

滝沢克己、『ドストエフスキーと現代』、三一書房、一九七二年。

『カミュ全集』、新潮社、一九七二―七三年。

Albert Camus , *Théâtre, Récits, Nouvelles*, Bibl. de la Pléiade, France, 1974.

ウオルィンスキイ、大島かおり訳、『美の悲劇―ドストエフスキイ『白痴』研究―』、みすず書房、一九七四年。

西永良成、『評伝　アルベール・カミュ』、白水社、一九七六年。

Albert Camus , *Essais*, Bibl. de la Pléiade, France, 1977.

小林秀雄、『小林秀雄全集第六巻　ドストエフスキイの作品』、新潮社、一九七八年。

森有正、『森有正全集　第8巻』、筑摩書房、一九七八年。

桶谷秀昭、『ドストエフスキイ』、河出書房新社、一九七八年。

内村剛介、『人類の知的遺産　51　ドストエフスキー』、講談社、一九七八年。

レオニード・グロスマン、北垣信行訳、『ドストエフスキイ』、筑摩書房、一九七八年。

В. Л. コマローヴィチ、中村健之介訳、『ドストエフスキーの青春』、みすず書房、一九七八年。

『ドストエフスキー全集』、新潮社、一九七八―八〇年。

Б. Г. レイゾフ編、川崎浹、大川隆訳、『ドストエフスキイと西欧文学』、勁草書房、一九八〇年。

Bruce Pratt, *l'Évangile selon Albert Camus* , Librairie José Corti, Paris, 1980.

André Gide, *Dostoïevski*, Gallimard, France, 1981.

原卓也、『ドストエフスキー』、講談社、一九八一年。

H. R. ロットマン、大久保敏彦・石崎晴己訳、『伝記　アルベール・カミュ』清水弘文堂、一九八二年。

アンリ・トロワイヤ、村上香住子訳、『ドストエフスキー伝』、中央公論社、一九八二年。

『サン＝テグジュペリ著作集』、みすず書房、一九八四―九〇年。

冷牟田幸子、『ドストエフスキー―無神論の克服―』、近代文藝社、一九八八年。

Albert Camus , *Carnets III*, Gallimard, France, 1989.

中村健之介、『ドストエフスキー人物辞典』、朝日新聞社、一九九〇年。

François Chavanes, *Albert Camus* :《*Il faut vivre maintenant*》, Les Éditions du Cerf, Paris, 1990.

久保田暁一、『椎名麟三とアルベエル・カミュの文学―その道程と思想の異質点―』、白地社、一九九一年。

稲垣直樹、『サン＝テグジュペリ』、清水書院、一九九二年。

Jean-Paul Sartre, *Situations IV* , Gallimard, France, 1993.

加賀乙彦、『私の好きな長編小説』、新潮社、一九九三年。

Albert Camus , *Cahiers Albert Camus 7 Le premier homme*, Gallimard, France, 1994.

Antoine de Saint-Exupéry, *Œuvres complètes I*, Bibl .de la Pléiade, France, 1994.

清水孝純、『道化の風景―ドストエフスキーを読む―』、九州大学出版会、一九九四年。

『ドストエーフスキイ広場　第4号』、ドストエーフスキイの会、一九九四年。

Emmanuel Roblès, *Camus , frère de soleil*, Seuil, France, 1994.

André Gide, *Journal I 1887 — 1925*, Bibl.de la Pléiade, France, 1995.

Jean Sarocchi, *Le dernier Camus ou Le premier homme*, Librairie A.-G. Nizet, Paris, 1995.

井桁貞義、『ドストエフスキイ』、清水書院、一九九六年。

北岡淳也、『ドストエーフスキイ・クライシス　ユートピアと千年王国』、ビレッジセンター出版局、一九九六年。

ルドルフ・プロット、『「星の王子さま」と聖書』、パロル舎、一九九六年。

Christiane Chaulet-Achour, *Albert Camus , Alger*, atlantica, Biarritz, 1998.

Antoine de Saint-Exupéry, *Œuvres complètes II* ,Bibl.de la Pléiade, France, 1999.

松本陽正、『アルベール・カミュの遺稿　Le Premier Homme 研究』、駿河台出版社、一九九九年。

井上正、『アルベール＝カミュ』、清水書院、二〇〇〇年。

オリヴィエ・トッド、有田英也・稲田晴年訳、『アルベール・カミュ〈ある一生〉上巻』、毎日出版社、二〇〇一年。

セルバンテス、牛島信明訳、『ドン・キホーテ』全6冊、岩波書店、二〇〇一年。

三野博司、『カミュ『異邦人』を読む―その謎と魅力―』、彩流社、二〇〇二年。

『ドストエーフスキイ広場　第12号』、ドストエーフスキイの会、二〇〇三年。

中村健之介、『永遠のドストエフスキー　病いという才能』、中央公論新社、二〇〇四年。

『カミュ研究　7』、日本カミュ研究会、青山社、二〇〇六年。

『キリスト教文学研究　第二十三号』、日本キリスト教文学会、二〇〇六年。

ドストエフスキー、亀山郁夫訳、『カラマーゾフの兄弟』全五巻、光文社、二〇〇七年。

亀山郁夫、『ドストエフスキー　謎とちから』、文藝春秋、二〇〇七年。

Bernard Pingaud, *L'étranger d'Albert* Camus , Gallimard, France, 2007.

芦川進一、『『罪と罰』における復活―ドストエフスキイと聖書―』、河合文化教育研究所、二〇〇七年。

齋藤孝、『ドストエフスキーの人間力』、新潮社、二〇〇八年。

亀山郁夫、『『罪と罰』ノート』、平凡社、二〇〇九年。

山城むつみ、『ドストエフスキー』、講談社、二〇一〇年。

東浦弘樹、『晴れた日には『異邦人』を読もう　アルベール・カミュと「やさしい無関心」』、世界思想社、二〇一〇年。

山本和道、『ジッドとサン＝テグジュペリの文学―聖書との関わりを探りつつ―』、学術出版会、二〇一〇年。

ヴィリジル・タナズ、神田順子・大西比佐代訳、『カミュ』、祥伝社、二〇一〇年。

井筒俊彦、『露西亜文学』、慶應義塾大学出版会、二〇一一年。

竹内修一、『死刑囚たちの「歴史」―アルベール・カミュ『反抗的人間』をめぐって―』、風間書房、二〇一一年。

『ドストエーフスキイ広場　第20号』、ドストエーフスキイの会、二〇一一年。

『ドストエーフスキイ広場　第22号』、ドストエーフスキイの会、二〇一三年。

ドストエフスキー、望月哲男訳、『死の家の記録』、光文社、二〇一三年。

佐藤泰正、山城むつみ、『文学は〈人間学〉だ』、笠間書院、二〇一三年。

ヴィリジル・タナズ、神田順子、ベリャコワ・エレーナ訳、『ドストエフスキー』、祥伝社、二〇一四年。

粟国孝、『アルベール・カミュ研究―不条理系列の作品世界―』、大学教育出版、二〇一四年。

千々岩靖子、『カミュ　歴史の裁きに抗して』、名古屋大学出版会、二〇一四年。

『ドストエーフスキイ広場　第24号』、ドストエーフスキイの会、二〇一五年。

『井上洋治著作選集3　キリストを運んだ男　パウロの生涯』、日本キリスト教団出版局、二〇一五年。

松本陽正、『『異邦人』研究』、広島大学出版会、二〇一六年。

三野博司、『カミュを読む　評伝と全作品』、大修館書店、二〇一六年。

あとがき

本書『宗教性にやどる「文学の力」を求めて―ドストエフスキー、ジッド、サン＝テグジュペリ、カミュ―』は、二〇一〇年二月に『ジッドとサン＝テグジュペリの文学―聖書との関わりを探りつつ―』（学術出版会）を刊行した後、学会で発表した、下記の十本の研究成果に加筆修正を行ったものです。

論文「カミュとドストエフスキー―『悪霊』をめぐって―」、『キリスト教文学　第28・29号』、日本キリスト教文学会九州支部、二〇一〇年八月。

講演「サン＝テグジュペリの文学が志向するもの―『星の王子さま』を中心に―」、日本キリスト教文学会九州支部夏期セミナー、二〇一〇年八月。

論文「カミュとドストエフスキー―『幸福な死』と『罪と罰』―」、『キリスト教文学　第30号』、日本キリスト教文学会九州支部、二〇一一年八月。

論文「キリスト教文学の可能性―価値体系の境界を越えて　ジッド、サン＝テグジュペリ、カミュ―アフリカ体験を中心に―」、『キリスト教文学研究　第二十九号』、日本キリスト教文学会、二〇一二年五月。

論文「カミュとドストエフスキー―『ペスト』と『カラマーゾフの兄弟』―」、『キリスト教文学　第31号』、日本キリスト教文学会九州支部、二〇一二年八月。

論文「『白痴』管見―その宗教性を探りつつ―」、『ドストエースキイ広場　第22号』、ドストエースキイの会、二〇一三年四月。

論文「カミュとドストエフスキー――『異邦人』と『白痴』死刑囚意識をめぐって――」、『キリスト教文学研究 第三十一号』、日本キリスト教文学会、二〇一四年五月。

論文「『未成年』の世界――『地下室の手記』と『カラマーゾフの兄弟』の狭間で――」、『キリスト教文学 第32・33号』、日本キリスト教文学会九州支部、二〇一四年八月。

論文「シベリア体験以前のドストエフスキー」、『ドストエースキイ広場 第24号』、ドストエースキイの会、二〇一五年四月。

論文「ドストエフスキーはシベリア体験で何を得たのか――『死の家の記録』を中心に――」、『キリスト教文学 第34号』、日本キリスト教文学会九州支部、二〇一五年八月。

加筆修正を行うに当たっては、論旨を大きくは変えることは行っていませんが、細部においては、かなりの箇所で変更を行っています。なお、「シベリア体験以前のドストエフスキー」は、「ドストエフスキーはシベリア体験で何を得たのか――『死の家の記録』を中心に――」の中に、一つの章としてほぼそのまま挿入しています。また、「サン＝テグジュペリの文学が志向するもの――『星の王子さま』を中心に――」と「キリスト教文学の可能性――価値体系の境界を越えて　ジッド、サン＝テグジュペリ、カミュ――アフリカ体験を中心に――」は、記述が重複しており、二つの章として示すことは不適切なので、重複している所を削除して、「サン＝テグジュペリの文学が志向するもの――『星の王子さま』を中心に――」を、「キリスト教文学の可能性――価値体系の境界を越えて　ジッド、サン＝テグジュペリ、カミュ――アフリカ体験を中心に――」の中に組み込みました。したがって、「キリスト教文学の可能性――価値体系の境界を越えて　ジッド、サン＝テグジュペリ、カミュ――アフリカ体験を中心に――」における、ジッド、サン＝テグジュペリ、カミュの三名の作家についての記述については、サン＝テグジュペリについてのものが圧倒的に多くなっています。ジッドについては、前著『ジッドとサン＝テグジュペリの文学―聖書との関わりを探りつつ―』で言及しましたので、ここでは、記述が少なくなっています。

引用につきましては、フランス語のものは拙訳ですが、ドストエフスキーの作品は、新潮社『ドストエフスキー全集』を使用させていただきました。その他のロシア語翻訳のものも、「引用文献・主要参考文献」に示したものを使わせていただきました。聖書は、新共同訳を用いさせていただきました。

引用の箇所につきましては、「引用文献・主要参考文献」で引用した書籍を示し、本文中に大まかにそれが存在する所を示すに留めました。

文学愛好家の方にも読んでいただきたいという気持ちで、この本を書きました。それで、研究者の方やその作家が好きで熟読されている方には分かりきっていると思われてしまうことになりますが、まだ作品を読まれていない方にも理解していただけるよう配慮しました。

前作『ジッドとサン＝テグジュペリの文学―聖書との関わりを探りつつ―』と同様、ささやかなものであるとしても、この本を出版することができましたのは、熊本大学文学部仏文学科名誉教授常岡晃先生がそれぞれの論文を丁寧に読んでくださって励ましてくださったことによりますので、この場を借りて、改めて常岡晃先生にお礼を述べたいと思います。誠にありがとうございました。常岡晃先生の励ましがなかったならば、論文を書き続け本にすることはできなかったことを痛感しています。常岡晃先生の学問に対する誠実な姿勢と後進の者への温かな心を見習って、これからも精進して行こうという気持ちです。

　また、梅光学院大学元学長の佐藤泰正先生が、日本キリスト教文学会九州支部において、夏期セミナーなどで豊かな学びの場を提供してくださったことにも感謝しております。常岡晃先生に日本キリスト教文学会九州支部への入会推薦の労を取っていただくようお願いした際、常岡晃先生は、佐藤泰正先生を初めとして、文学作品を読み研究することに極めて熱意のある、日本キリスト教文学会九州支部会員の人たちに刺激を得て、多くのことを学ぶことができるだろうから、日本キリスト教文学会九州支部への入会は私の研究生活にとって非常に有益なものになるであろうと言ってくださいましたが、まさに常岡晃先生の言われる通りでした。常岡晃先生の励ましとともに佐藤泰正先生による、日本キリスト教文学会九州支部の学びの場がなかったなら、この本を出版することはできなかったし、これから進むべき方向も見出せなかったと思います。本書『宗教性にやどる「文学の力」を求めて—ドストエフスキー、ジッド、サン＝テグジュペリ、カミュ—』の「文学の力」という言葉につきましても、佐藤泰正先生の最後の御著書『文学の力とは何か　漱石・透谷・賢治ほかにふれつつ』から借用させていただきました。この世で聞いていただくことはできなくなりましたが、この場を借りて佐藤泰正先生に感謝の言葉を改めて述べさせていただきたいと思います。誠にありがとうございました。また、他の会員の方たちにもお礼を申し上げます。ありがとうございました。

　木下豊房先生を初めとして、ドストエフスキーの会の方たちにも、感謝の言葉を述べたいと思います。ありがとうございました。

　大学教育出版社長佐藤守様にも、心より感謝の言葉を申し上げたいと思います。佐藤守様のご理解とご協力がなければ、この本を出版することはできませんでした。随分お世話になりました。心のこもった温かな対応に、心より感謝しております。誠にありがとうございました。

九州共立大学教員としての学究生活で、ささやかなものではありますが、二冊の著書を公刊することができました。これで終わったというのではなく、心身の健康に留意しつつ、文学作品を読み書く生活に専念したいと思っています。生まれてきて文学と出会い文学を学ぶことができて良かったという気持ちを大切にして生きて行こうと考えています。

山本和道

平成二十八年　十二月吉日

■著者紹介

山本　和道（やまもと・かずみち）

一九五一年八月、福岡県飯塚市生まれ
一九八三年、九州大学大学院文学研究科仏文学専攻博士課程満期退学
現在、九州共立大学経済学部教授
著書に、『ジッドとサン＝テグジュペリの文学 ― 聖書との関わりを探りつつ ―』（学術出版会）

宗教性にやどる「文学の力」を求めて
― ドストエフスキー、ジッド、サン＝テグジュペリ、カミュ ―

二〇一七年三月二〇日　初版第一刷発行

■著　　者――山本和道
■発 行 者――佐藤　守
■発 行 所――株式会社大学教育出版
〒七〇〇－〇九五三　岡山市南区西市八五五－四
電　話（〇八六）二四四－一二六八㈹
ＦＡＸ（〇八六）二四六－〇二九四
■印刷製本――モリモト印刷㈱
■Ｄ Ｔ Ｐ――林　雅子

ISBN978－4－86429－443－0